KB161356

흙담에 그리다

우치노 게지 지음
엄인경 옮김

필요
한책

중노년기를 조선에 계시면서 일하신
아버지께 이 한 권의 시집을 바친다

서문

우치노 겐지 군의 첫 시집이 나온다.

우치노 군은 내가 주재하던 시사詩社*에 예전부터 관계해 왔고, 그의 노작을 처음 본 것도 나이며, 『현대시가現代詩歌』**와 『횃불炬火』*** 두 잡지에서 오랫동안 활약한 관계로 그의 서문 부탁에 응하게 되었다.

우치노 군의 시는 일면 깊은 정열을 지니고 있으면서 또 다른 면으로 성찰에 뜻을 둔 시심을 지니고 있다. 우치노 군이 조선으로 이주하고 나서 그 열심이던 시 활동은 시가 잡지 『경인耕人』****의 창간으로 이어

* 1918년 창립된 서광曙光시사.
** 1918년 서광시사에서 창간한 잡지로 1921년까지 간행.
*** 1921년 서광시사에서 『현대시가』의 후속으로 창간한 잡지.
**** 우치노 겐지가 1923년에 창간하여 45호로 종간할 때까지 주재한

졌다. 이 잡지는 어쨌든 조선에서 유일하고 훌륭한 내용의 시가 잡지다. 우치노 군이 단순히 시작詩作 활동만 한 것이 아니라, 이른바 시로서의 처녀지인 조선에 이 방면을 처음으로 개척하여 활동하기에 이르렀음을 나는 깊이 기뻐하는 바이며, 이를 보건대 지금은 없는 『현대시가』*의 형제 격에 해당하는 잡지를 보는 듯마저 여겨진다. 『경인』은 분명 성공한 잡지이며, 앞으로 조선에 뿌리 깊은 지반을 심어나가게 될 것이다.

그와 마찬가지로 우치노 군의 이번 시집도 분명 조선이라는 토지에 좋은 시의 씨를 뿌리게 되리라. 우치노 군이 눈에 비치는 사방의 자연에 대해 그 솔직한 감정과 엄숙한 자기 성찰을 끊임없이 더할수록, 우리에게는 새로운 시의 시야를 열어주게 될 것이다. 우치노 군의 시는 솔직히 말하자면 앞으로 개화할 희망의 꽃봉오리다. 그리고 그 첫 발걸음의 화려한 스타트야말로 이 시집이다. 그러므로 나는 지금까지 우치노 군이 가져온 열정이 여기에서 새로운 시를 낳

한반도 간행 일본어 시 잡지.

* 원문에는 『횃불』이라 되어 있으나, 1921년 종간된 『현대시가』를 이르는 것으로 추측하여 고쳤다.

고, 또한 『경인』이 지속해 온 것과 마찬가지로 더욱
빛날 앞길로서의 활약이 이제 우치노 군 앞에 펼쳐졌
음을 축하하지 않을 수 없다. 이 시집의 시가 어떻게
독자에게 비칠 지는 각자 사람들의 비판에 맡기기로
하자. 나는 그저 종래 우치노 군의 행보를 보아오던
차라 일종의 친숙함과 흔쾌함을 느낀 대로 몇 마디
보탰을 뿐이다.

1923년 2월 8일
도쿄 교외에서
가와지 류코川路柳虹*

* 본명은 가와지 마코토川路誠로 시인이자 미술평론가다. 1907년
발표한 그의 시 「쓰레기장塵溜」은 일본 구어체 자유시의 선구로 평
가되며 시인 육성에 힘썼다.

목차

■ 이 책의 번역 저본은 『新井徹の全仕事』(創樹社, 1983)입니다.

■ 이 책에서 사용된 글꼴은 제주명조체, 한나라 명조체, 나눔한자왕, 문체부 바탕체, 문체부 쓰기 정체, KoPub바탕체, KoPub돋움체입니다.

■ (원)으로 별도 표기된 저자의 주석 외의 모든 각주는 옮긴이가 작성하였습니다.

■ 저자는 원문에서 다수의 단어를 조선어 발음 그대로 표기했습니다. 이 책에서는 저자가 조선어 발음 그대로 기재한 단어 부분을 돋음체로 표기하였습니다. 또한 저자는 해당 단어들에 대하여 별도의 간단한 주석들을 달았는데 그러한 편집은 해당 단어를 모르는 일본인들을 위한 것이었고, 우리나라 독자가 보편적으로 알고 있는 단어들인 경우 굳이 기재할 필요가 없다고 여겨 일부를 제외하고 삭제하였습니다.

■ 114쪽의 '천인' 삽화와 163쪽의 '초가' 삽화는 초판본의 장정과 삽화 디자인을 맡은 재조일본인 미술가 다다 기조多田毅三가 그린 것으로 천인 삽화는 초판본의 「야마토 시」 속표지에, 초가 삽화는 초판본 책 뒤표지에 삽입되어 있었던 것을 재배치한 것입니다.

조선시

여름
夏

달밤의 여름 노래 月宵夏曲

열병을 앓은 태양이 고민스럽게 광기의 날개를

서쪽 하늘 검은 산그늘로 거두어들일 때

나무 그늘 집 그늘에 찐득하게 누워 있는 백의白衣

　입은 사람들의 눈동자

저녁 바람의 다소곳한 손길이 어루만지며 무거운

　권태의 잠을 깨운다

물을 맞은 가문 여름 하늘 아래의 풀처럼

차오르는 힘, 팽팽해지는 근육——

사람들은 말로 할 수 없는 상쾌함으로 일어나

서둘러 목숨 붙어 있음에 기쁜 저녁밥을 먹는다

황혼을 어디에서랄 것 없이 나르는 미풍에
강기슭의 포플러 가로수는 흔들리고
저편 동쪽 하늘에서 백은색 달을 부른다
강물결 또한 그것을 맞이하고자 노래를 흥얼거린다

백은색 달이 동쪽 하늘에 오르기 시작하자
하나둘 강변의 노래로 모여드는 백의의 무리들이여
어떤 이는 다리 위에서 서성이며 말하고, 어떤 이는
　강기슭에 돗자리 깔고 잠들어
머리 위에는 무한한 침묵을 머금은 유리의 창궁蒼穹

창궁에 무수한 별들의 꽃이 흩어져 피면
달은 또 그 꽃밭에서 여왕의 발걸음으로 나아간다
하계下界를 흐르는 강에도 하늘 꽃빛 비쳐 반짝이고
꽃빛과 음영이 교차하는 흐름에 환희의 목소리를 내며
　받는 사람들 모습의 여릿함

흐르는 노래와 뒤얽혀 포플러 은빛 잎 함께 흔들리고

18

창궁의 화원으로 올라가는 피리 소리 다시 강기슭에서
  일어나
참기 어려워서인가 애상의 베이스가 건너편 기슭에서
  흘러나와
열정적으로 슬프고도 서러운 조선인 마음의 무늬를
  자아낸다

이야기하며, 생각하며, 노래하며, 잠들며, 밤새도록
인간의 누추한 집을 버리고 자연의 전당殿堂으로
  가게끔 하는
백의의 무리에 은색 달빛은 적요와 청정의 마음을
  쏟으며
담뱃불은 지상의 꽃처럼 백의 사이에 명멸하고 있다

아아, 밤이라도 되면 자물쇠 드리우고 문을 닫아
  잠그며
불안하고도 누추한 꿈에 하룻밤 좀먹게 되는
  사람들이여

나와서 조용히 바라보시오, 백의의 무리를

자연의 전당으로 나가게 하는 이의 위안과 유락愉樂의

　모습을.

맹인 악사盲樂人

빛바랜 입술로 작은 피리를 불며

낡은 해금*을 마디 우락부락한 손으로 켜네

맹인 악사는 여름 대낮에 초록 나무 그늘

공원 한구석에서 정성을 다하고 힘을 쥐어짜내

　비조悲調를 자아내지

강렬한 햇살을 피해 모여서 둘러서 있는

백의의 사람들의 손에서 동전 소리가 날아드네

* 원문에서는 호궁胡弓으로 표기되어 있으나 호궁은 동양의 찰현악
기 전반을 크게 아우르는 단어고 우리나라에서 연주됐던 호궁류의
악기는 해금이므로 해금으로 단어를 교체했다.

맹인 악사는 주변 동전 소리에 아랑곳 않고

그저 피리와 해금의 조화에만 귀 기울이며 불고 또

켜지

땀과 먼지에 범벅이 된 간장색 백의

기름과 때 탓에 적동赤銅색으로 번들거리는 이마, 뺨,

가슴팍 피부

그 볼품없는 악기가 교착하는 울림에 따라

맹인 악사는 정성을 담아 몸을 흔들며 황홀경 드네

아아, 조금의 욕심도 잡념도 없는

진정 성스러운 야생의 악사!

바가지 꽃ばかちの花

나팔꽃보다 한참 작은 송이의 꽃이라면
보다 덧없을 쓸쓸함을
온돌 집 초가지붕에 흩뿌리고 있구나

부채 모양으로 파란 덮개천 같은 잎을 무성히 뻗고
그 틈새에서 빼꼼이 내다보고 있는
새하얀 꽃이라면 한층 병약해 보이지

하지만, 반도의 여름 때는
성의껏 시원함을 자아내는 온돌 집 장식품으로
말쑥한 바가지의 잎 모양에 잘 어우러져

혹시 시골 조선인들의, 너무나도 원시적인

생활의 담백함에서, 어여쁜 것을 꽃피워 본다면

역시나, 있는지 없는지 모를 이 작은 꽃 정도이리라

물은 생명水は生命

물은 생명——

순결과 청초함을 각별히 숭상하는 자에게 생명

아아, 우락부락한 바위산도 검게 적시고

화상에 아파하는 듯한 붉은 흙 민둥산도 젖게 하는

어느 날 내리는 비의 은혜로움이여

메말라 있던 작은 실개천에——

그게 갑갑한 온돌 집 옆에 있는 듯 없는 듯한

　도랑이어도

소리 내어 적시는 그 잔물결은 마음을 부추기지

비가 개일 새도 없이, 가만히 있지 못하고

부리나케, 조선 여인들이

졸졸 흐르는 도랑 물가에 백로처럼 무리 짓누나

실개천에 흰 천을 적시고, 담그고

방망이*를 들어서 천을 때리면

베틀 짜는 손에서 일어나는 그 소리의 경쾌함

아아 비의 은혜를 칭송하는 노래

인생의 꽃 여성이 자연과 생활을 기뻐하며 축복하는

　노래

가볍게, 멀리, 비에 씻긴 온천지에 스며드는도다

때때로, 비가 갠 뒤에만 흐르는 도랑에

살아 있는 생명을 에워쌀 수 있는 흰 천을, 헹구고,

　때리고, 빨래하는

다정하고도 명랑함에 가득찬 저 울림소리 들어보시길

* 본문에는 방마이다パンマイダ라는 외래어 표기로 쓰여 있다.

물은 생명——

자연과 인생을 각별히 숭상하는 자에게 생명.

냇가 풍경 河辺小景

반짝, 반짝

아이들*의 발밑에서

해님 아가씨는 코웃음치네

아아, 벌거숭이

아이들은 집오리처럼 떼를 지어

물고기를 잡아올리지

퍼올린 물

황금빛 물이 뚝뚝 다 떨어지면

춤추는 붕어의 은빛

* 본문에는 아도리あどり로 표기되어 있다.

아이들이 세운 소박한 깃발

물가의 신문지 깃발이

펄럭펄럭 우누나.

건축의 마술建築の魔術

어느 날 지나다 보니

두둑이 파도치고 있는

밭이랑이었다

어느 날 지나다 보니

두둑이 무너져서

나무가 열 몇 기둥 조립되어 있었다

어느 날 지나다 보니

흙과 자갈로 다진

온돌 집이 훌륭하게 완성돼 있었다

닷새도 채 지나기 전에

조립할 수 있는

건축의 마술

간단한

그리고 온갖 자유를 지닌

온돌 집 건축

두터운 흙벽은

한여름 태양을 막아주고

시원한 분위기를 머금으며

마루 밑을 둘러싼 불기운은

한겨울 눈 날리는 속에서도

남국의 즐거움을 만들어

집 안을

늘상 천국처럼 만든다

땅에 야트막하고

벽은 흙이 드러나서

초라한 듯한 모습

하지만 허식에 때묻지 않고

야생이 고스란히 조립되어

사방의 자연이

저절로 낳은 집

진정

백의의 자연인이 사는

고대 원시의

지금 세상에 전해지는

찬미해야 할 마술

불가사의하기 짝 없는 **온돌** 집 건축.

행복幸福

— 차창 풍경

저편에 연이어진

마음 아프게 불타 짓무른

붉은 민둥산들을 배경으로 삼아

밭 가운데에 우뚝 솟은 한 그루 큰 나무의

푸른 팔과 초록의 손가락은

지상에 검은 그림자를 던지고

그렇게 쑥쑥 길어져

불타 짓무른 태양이 드러누운

하늘 가득히 확대되어 있다

…………그러나 그 밑에

한 작은 인간이

더러워진 흰 옷을 걸치고

죽었는가 싶게

꿈꾸고 있음을

간과하지 마시기를.

벌거숭이 아이들裸体の子供

초록에 불타오르고 있다!

민둥산 벌건 흙 살갗을 덮고

무한한 호남평원을 덮고

초목은 초록 불꽃을 올려대고 있다!

차창에 반짝이는 광선에

예리하게 눈알이 찔릴 때——

갑자기 끓어오르는 환호의 소리!

오오 보라! 벌거숭이 아이들

작은 벌거숭이들이 무리 지어

초록 불길 속에 서서

모두모두 두 손을 하늘 높이 들고

지나가는 열차를 마중하고 배웅한다며

열심히 환호성을 지르고 있다!

오오 이 얼마나 갈색으로 빛나는 벌거숭이들인가!

한여름 흰빛이 다 드러난 살갗에 흐르고

너희들 얼굴은 더할 나위 없는 천진한 웃음으로

   흘러넘쳐

자연의 정기로 풋풋한 것이리라

오오 자라나렴! 아이들아.

벌거숭이 그대로 커가려무나

그리고 벌거숭이 모습대로 세상을 활보하려무나

더할 나위 없는 순진함! 더할 나위 없는 공명함!

그러나 언젠가

너희들은 맨몸뚱이를 부끄러워하며

한 장, 두 장, 세 장

몇 겹이고 옷으로 덮어가지 않겠는가

오오 그렇지만

그때는, 너희들 얼굴은

천진한 웃음, 반짝임을 잃고

쓸쓸한 생명의 고갈에 시들어 갈 때이리라!

오오 열차가 달리는

곳곳에서

환호성을 올리는

조선의 벌거숭이 아이들아

어디까지고 생명에 활활 타오르며 살려무나

벌거숭이로 자라 활보하려무나

내 마음에서 우러난 이 기원——

부디 받아주려무나!

오오 야산의 초록은 불타오르고 있다!

가을
秋

조선 가을 정취 朝鮮秋情

몹시 두려운 대륙풍이 부는 하늘이다

새로이 반도로 이주해 온 사람들이여

깊고도 깊은, 이 가을에 들어선 밤하늘 올려다보시길

그것은 내지內地*에서 결코 볼 수 없는 투철함

퍽이나 맑은 깨끗함과 푸르름

올려다보면

깊은 숲에서 솟는 맑은 샘물을

찰랑찰랑 머금은 깊은 못 바닥에 있는

오싹함 느껴지지 않는가

좀 더 보시기를, 저 쇳조각 이어 붙은 듯한

---

* 식민지기에 일본인들은 일본 본토를 안의 땅, 즉 내지라 하고 그
밖의 일본 식민지를 외지라 칭했다.

산봉우리로부터, 냉장고에서 나온

선인장 같은 달이 기어오르지 않는가

그리고, 기어오르면 기어오를수록

드넓은 하늘은 한층 더 밝아져가는 것이니

하지만 그것도 한 점의 온기도 없이 차디찬 밝음

식민지의 부랑자 같은 길쭉한

여기저기 보이는 포플러 나무들은

부조처럼 또렷하고 선명하게

형광색을 띤 하늘에서 튀어나와 있어

오오 그 포플러 위에서

별사탕 같은 별이 쓸쓸히 웃음 지으면

조선 여인이 두드리는 다듬이 소리가 이 상쾌함과

　　차가움을 가르며

맑은 가슴에 향수를 자아내지 않겠는가

툭 튀어나온 반도 위를, 또 포플러 위를,

툭 튀어나온 경치의 하나가 되어

저 비장한 목소리 주인인 기러기 떼가

내 고향 쪽으로 이동을 시작함도 금방 있을 일이리.

하얀 그림자白い影

멀고 먼 저기 들판에서

 (반도 위 백은색 칼을 빛내는 병사들) 나팔 소리가

파랗게 얼어붙은 가을 하늘을

맑고 또렷이 가르며 오지만

그에 구애받지도 않고

땅거미 지는 때에 망령처럼 서 있는

이 조선 가옥의 암울한 툇마루에

다섯의 하얀 그림자 서로 모여서

소곤소곤 이야기를 나누고 있지

아마 그들은 해질녘 전부터 이야기를 시작하여

오늘 하룻밤을 이야기로 지새우는 것조차

마다하지 않을 지니

구태여 밝은 불을 찾지도 않고

고요하고 맑은 밤기운 속에서

기분 좋게 숨을 쉬면서

그저 이야기 나누는 것이러니

하지만, 이윽고 서늘하고 예쁜 달이

날카로운 산봉우리로 오르고

다섯 백의는 차분하게

청주淸酒의 빛에 젖어들기 시작하누나.

무덤의 언덕墳墓の丘

하얗게 가을바람 불며 지나는 언덕에 서 보시기를

저 매끄럽고 둥근 곡선이 겹치고 겹쳐서, 이어지고

혼백이 쉬어가는 자리인 풀 언덕에

묘표도 없이 그저 조금 봉긋하게 쌓아올린 흙 아래
　잠든

이름 없는 농부의 얼굴, 얼굴, 얼굴——

약간의 고뇌하는 빛조차 머금지 않은 느긋한 조선인
　모습이

홀쩍 가슴 속에 떠오르겠지

그러면 이제 솟은 흙 곁에 엎드려 누워 보시기를

바람이 살랑살랑 불어오면, 눈동자 위에 또 뺨을
　쓰다듬으며

작은 보랏빛 종꽃이 흔들리겠지

아아 자연이 이름도 없는 망자들에게 바치는 공물

가을이라도 되면 줄줄이 이어지는 잔대의 종 모양 꽃

희미하게 흔들리는 보랏빛은 쓸쓸해

소리도 내지 않고 종꽃은 무엇을 노래하는 게려나

죽음에 대한 위안인가, 죽음에 대한 원망인가

아아 한없는 허무의 노래!

그것이 담채淡彩색 가객이 아니라

고운 보랏빛 치장이기에 더욱 쓸쓸한 언덕이여.

바가지의 시ばかちの詩

물이 사람의 생명임과 더불어

바가지는 그들의 귀한 재산입니다

백의의 부인이 이은 머리 위 물동이에는

언제나 누런 **바가지**가 모자처럼 씌워 있습니다

여름, 작고 낮은 **온돌** 집 초가지붕은 밭으로 둔갑하여

파란 부채와 같은 잎사귀 새로 갓 머리를 민 파란

　빡빡머리가 뒹굴거립니다

가을, 파란 부채잎이 서리를 맞아 말라죽어 버리면

빡빡머리 누렇게 되어 반들반들 평화로운 꿈을 꿉니다

온돌 집에 보라색 연기 가늘게 피어올라 겨울 찾아올
　즈음
빡빡머리는 사람 손에 갈라져 **바가지** 되는 게지요

바가지 없으면 손발 잃은 것이나 마찬가지
그들은 그것으로 생명의 물을 긷고, 또 편리한
　그릇으로도 씁니다

홍수가 덮쳐 막힌 혈거穴居를 다른 곳에서 찾느라
　방랑하는
무일푼 사람들도 그저 유일한 재산으로 지니는
　바가지입니다

그것은 그들의 원시 시대 전설임과 더불어
지금도 강원도 일부 지역에 실존하는 **소박한**
　동화입니다

참으로, 간단히 만들어지는 간단한 **바가지**입니다
아무 장식도 없고 모양도 그려지지 않은 예술품입니다

허나 물에 띄우면 생명을 구하는 배가 되고
물동이에 씌우면 생명을 위로하는 누런 달이 됩니다

색채나 형태는 연약해서 여성의 아름다움과 사랑을
　지니면서
굳세고 단단한 남성의 의지를 갖추어 망가지지 않고
　영구히 사람 생명을 기릅니다

자연이 사람들의 아름다운 생명에 주는 선물!
그들 자연의 아이는 이 둘도 없는 선물로 자연의
　미주美酒를 향유합니다

물이 사람의 생명임과 더불어
바가지는 그들의 귀한 재산입니다.

장날市日 (민요)

오늘은 장날이요

즐거운 장날이요

덜커덩 흔들흔들

길이 교차하는 곳

어이쿠 위태롭지

갓이 떨어지겠네

가지고 나온

닭들은 모조리 다 술값이려니

술은 다시금

잔뜩 퍼마신 다음 노래 값이지

파란 하늘에

노래가 울리누나 햇볕은 쨍쨍

허나 아쉬워

가을 하늘 이제 곧 저물겠구나

달님이시여

에라 몰라 그대와 들에서 자오

꿈속 세상에

무엇하러 속앓이하고 있을까

마을까지 여섯 리

극락세계 따로 없어

덜커덩 흔들흔들

백의의 사람과 노래

오늘은 장날이요

즐거운 장날이요

조선 마을 저녁 풍경 朝鮮部落夕景

I 어두운 창문들

불규칙하게 꾸불꾸불한 도로에

이끌어지는 대로 가노라니

야트막한 어둔 색 흙담이 에두르고

나뭇가지를 짜 맞춘 담장이나 문은

이제라도 무너질 듯 기울어지고

그 울타리들 안에는 또 어둔 색 초가지붕이

박쥐처럼 기분 나쁜 날개를 펼치고

어디에서랄 것도 없이 마늘 냄새 감돌며

나로 하여금, 견디기 어려운

거무스름하고 푸르스름한 상념에 빠지게 하누나

얼어붙듯 맑은 하늘을 찌르고 있는

포플러 우듬지는 잎을 떨어뜨렸지만

달 초롱을 드리우고

이 조선인 마을을 물빛으로 채색하지…………

마을에서는 달을 상야등常夜燈으로 삼는 까닭에

많은 창들이 어두운 채로 닫혀

저쪽, 이쪽 어둔 창들에서

무수한 아이들의 울음소리 떼쓰는 소리가

밝음을 등지고, 문화를 등지고

두더지 구멍으로 도피한 생활의 공기에

반항하는 소리를 외쳐대고, 외쳐대며

이따금 불 들어온 창문도, 희미하게

달빛을 향해서는

　너무도 쓸쓸한 중후함이로다.

II 희미하게 밝은 창문

어둔 창들에 섞여

이따금 희미하게 밝은 **온돌** 집 창에서

느릿한 베이스 곡조가

속요俗謠*의 파도를 일으키며 울리누나………

일본인인 나를

푸르스름한 적막 세계로 불러들이는

너무도 견디기 힘든 슬픈 상처와 권태의 육성肉聲이여

더욱이, 그 울림은

어슴프레 밝은 네모난 문을 열고

방 안 정경을 내 가슴 속에 널리 밀어 넣누나

조그만 한 평 반**도 안 될 것 같은 방──

온돌 방바닥 아래를 도는 불기운으로 인해

미온탕 같은 분위기 방에 가득하고

노란 기름종이로 발라진 바닥은 약한 광택

* 민간에 널리 퍼진 속된 노래.
** 원문은 다타미(보통 90cm×180cm) 세 장 넓이三疊敷라 되어 있어 대략적으로 환산하였다.

그 위에 피기 시작한 국화꽃처럼

붉은 얼굴의 백발노인이 앉아

조촐한 음식을 앞에 두고

저녁 반주 술잔을 들어올리며, 거나하게 취해

느릿느릿 속요를 부르는 나른함

밖에는 어둔 창들이 있고

그 창에서 일어나는

무수한 아이들의 울음소리도 모르는 듯이………

술집酒幕

한결 더 마늘 냄새 풍기는 곳
열린 부엌문으로 그을린 솥이나 냄비 나란히 보이고
아궁이 밑 붉은 불꽃의 혀는 즐거운 듯 오르네

하루의 죽음 같은 피로를 짊어진 노동자들
그리 넓지 않은 이 **술집 온돌방**에 모여
약소한 품삯을 던지고 갱생의 술잔을 들지

뜨거운 **막걸리** 술기운이 파란 피 붉게 태워 순환시키고
한 그릇 **국밥**이 공허한 배에 기력을 되살린 걸까
까마귀처럼 크게 외치고, 지렁이처럼 노래하는
　목소리…………

어둠의 허공에 축 늘어져 피 떨어지는 고깃덩이
　　매달린 부엌에서
꼬물거리는 백의의 **술집 부인**은 손님 대접을 하려고
소머리나 돼지 다리를 삶아 고기국 마련에 바쁘려니

땅거미 깊어져, 집 밖 달빛에 비한다면
너무 어둑어둑한 등불도 여기 모인 지친 사람들
　　눈동자에는
실내를 장식하는 화환처럼 밝고 흥겹게 비치며
　　빛나려니

까마귀처럼 크게 외치는 소리, 지렁이 같은 노래──
아아, 정주定住 못 하는, **지게꾼**, 일용직, 또는 장날
　　거래에 나온 시골 사람, 혹은 일거리 찾는 나그네
표랑漂浪하는 사람들의 한없는 애환의 합주여

문틈으로 보이는 마구 뒤섞인 붉은 얼굴, 백의, 밥상,

    그릇 사이로

흔들흔들 피어오르는 고깃국물이나 **국밥** 따위의 김은

　　뿌옇고

만족, 유락, 위안, 활동의 힘을 공급하는 술집은 마을

　　생명의 소생장!

겨울
冬

조선 땅의 겨울 풍경鮮土冬景

어둔 상념이 고인 드넓은 하늘의 가슴팍을

푹 찌르는 나목裸木의 뾰족한 끝은

동요 없이 고뇌의 정점을 가리키고 있구나

나무 저편에 드리워진 풍경의 막幕도 색이 바래

그저 검붉은 대지 표면에 그을린 색 추레한 풀 옷을

　아무렇게나 걸친

나병 환자 같은 민둥산이 이어져 있을 뿐

이따금, 먼 곳 놀러 나갔던 나무의 혼이 돌아오듯

참새들이 우듬지에 흡수되어 머무르지만

그것도 몹시 쓸쓸한 잎들의 무리지

흐린 먹색의 무리가 울어봤댔자

억압된 겨울의 심정을 휘젓는 것에 불과하리

하지만, 참새들이, 흩어져 버려

어둔 풍경의 막 그림자로 숨어들어 버리면

다시, 한층 더 넓이 나간 나무의 모습

아아, 그리고 그 아래를 지나가는 것은

둔중한 조선인의 걸음으로

백의가 창백한 망령의 그림자를 끌어당길 뿐.

눈眼

눈 눈 눈
번뜩 번뜩
원한! 저주!

눈 눈 눈
꿈뻑 꿈뻑
권태! 침체!

머물러 있는 흐린 먹색 구름 그림자
어떨 땐 번뜩이고 어떨 땐 잠드는
별!

원한의 별 저주의 별 권태의 별 침체의 별

조선인 천만의

눈 눈 눈

빛, 얼음칼을

내 가슴에 찔러 넣고

으스스한 전율의 그림자를 던지는구나.

겨울의 조선冬の朝鮮

찌푸린 낯을 하고 아무런 애교도 없이

울퉁불퉁 뼈투성이 모난

반도의 산맥들 봉우리에

잿빛 구름 모자가 축 늘어진다

아아 우울한 구름 모자는

더더욱 퍼지고 넓어져서

나무도 돌도 풀도 죽음의 그림자를 가로눕힌 채

지상 가까이 넓은 하늘을 덮어간다.

구름에 닿을 듯이 우뚝 선 나무

모든 옷과 장신구를 떨쳐버린 포플러 나목

그것마저 단 하나도 떨쳐버릴 수 없는

검은 **까치**˚를 우듬지에 이고 있구나

꽁꽁 얼어붙은 대지와 같은 색 초가지붕, 흙벽

낮은 **온돌** 집은 지상에 들러붙은 듯하고

포플러 나목 주변에 모여든

좌절된 혼의 모습이여

가끔씩, 그 **온돌** 집 마을에서

마른 논 사이를 잇는 좁은 길 더듬어

걸어오는 백의 입은 사람들 생김새는

서툰 조각가가 조각한 듯 생기 없는 표상!

창문에서 이 풍경을 바라보는 내 가슴에는

무엇엔가 방해받고 학대받은

운명의 모습이 줄줄이 진술되어

* 원문은 'カチ鴉', 즉 까치+까마귀라고 되어 있는데, 까치는 조선
어 표기와 발음을 따르고 있고 까마귀는 외관이 검은 것에서 일제강
점기 당시 한국의 흔한 텃새를 이렇게 표현했다.

머리가 욱신거리는 듯한 상념에 이끌려간다.

아아 이 잿빛 구름에 덮여져

지상에 낮게 움츠러든 조선의 겨울에

새로운 소생의 빛을 던져서

정신의 빛나는 새싹을 틔우는 것은 무언가?

겨울 공기의 준엄한 압제, 겨울 바람의 냉혹한 권력

설령 그런 것들에 의해 모든 세력을 뺏기면

평정을 지키는 일 잠시는 가능하다 해도

차갑고 어두운 우울한 평정에 불과하리니

어두운 평정——덧정 없는 죽음의 세계

다 죽지 못하는 혼백이 그곳으로 반항의 외침과 함께

　향하는 것을 어찌 못하게 하리

오오 무한하고 따스한 자애를 쏟아 부어

자유롭고 편안한 봄의 평화를 가져다줄 이 누구인가?

아아 잿빛의 구름 모자는 더욱 더더욱 퍼져서

포플러 우듬지의 까치집은 마치 경종警鐘처럼

불안한 평정을 유지하면서

조선의 중천에 매달려 있다.

다듬이砧

뚝따닥 뚝따닥
뚝뚝 따닥따닥
뚝 딱 똑

물결처럼 반짝이는 빛의 파도 속을
낮게 뛰고, 낮게 뛰면서
흘러나오는 소리의 춤꾼이여

짙게 검푸르러진 마을의 침체에
그저, 그것만이 발랄한
새벽빛에 싸인 건강함을 생각게 하지

도약 도약 또 도약

소극, 보수, 태만, 겨울잠

깨거라 깨어나거라 건전한 신문화로 나아가라며——

우아하고 상냥한 사랑의 숨결에 휩싸여

사람 마음을 분발하게 하는 힘을 담은

소리의 춤꾼은 진군 나팔 악보의 열!

도로도 무정한 돌인가 싶게 얼어붙었다

추운 밤을 씩씩하게 다듬이질하는 근면한 여성

어두운 마을에서 유일하게 화려한 진군 나팔 소리네

여성의 맑은 마음이 얼어붙어 헐벗은 포플러 나무에
  걸린 달은

이 마을에도 아름다운 빛과 음영을 그대에게

진군 나팔의 춤꾼은 지상에서 머나먼 하늘의 달까지
  연달아 춤추며 간다.

사온*에 대한 동경四溫への憧憬

쓸쓸한 폭풍과 눈의 한숨을 내쉬며 뿌리고

계절의 마차를 타고 반도를 편력하며

우울, 황량, 처참함에 채색된

폐허의 두루마리 그림을 펼쳐나가는

삼한은 메마른 쇠붙이 같은 오십 영감

감과 포플러 우듬지를, 지붕을, 창문을, 내 가슴을,

　끄는

오십 영감 승차한 바퀴 소리여

어두운 그림자만이 겹겹이 접혀 있는 하숙방에

* 조선의 겨울은 삼한사온 변화가 급격하며 또한 규칙적이다. 사흘
동안의 극도의 혹한 뒤에 나흘의 온난한 날을 맞이하는 것이 얼마나
기쁜 일인지.(원)

여윈 무릎을 끌어안고 떨며, 떨며
핏기를 쥐어짜는 거센 바람의 울림에 귀 기울이고
  있기란 견디기 힘들어

하지만 지금은 더 이상 증오에 찬 바퀴 소리도
저 멀리 저편 회색빛 하늘로 사라져 버리지 않았는가
주위는 일종의 깊은 침정 속으로 빠지고
나뭇가지, 가옥, 창문——삼한에 속 썩은 삼라만상은
계절이 교류하는 한때 피곤한 꿈에 탐닉해 있다

아아, 이제 저 따뜻한 꿈과 안식과 위안을 가득 실은
사온의 마차 소리가 옥구슬 굴리듯 들릴 것 같구나
앵두처럼 예쁘게도 빛났다
스무 살 아가씨의 살갗을 생각하고 젖가슴을 그리워
  하며 '사온'의 마차를 타고 올 애인을
그리는 마음에 나무 우듬지 죽은 하늘의 한 켠으로
  눈동자를 이글이글 태워 보낸다.

사온의 방문四溫の訪れ

I 밤의 곡宵の曲

온도계 구슬 안에 숨어 있던 수은이
갑자기 길고 느긋하게 기지개를 켜는 밤――어라
　벌써 사온이 몰래 찾아왔나
나는 엉겁결에 하품을 했습니다

어제까지 찾아온 바람의 음악도 들리지 않아요
실내에서 가만히 앉아 있다가 참지 못하고
우뚝 선 나는 산책을 유혹하는 손에 이끌려 나갑니다

훌쩍 나온 거리에는, 어라, 어제까지

냉담하고 오싹한 눈동자를 던지던 거리가

하얀 안개로 슬쩍 화장하고 우아하게 기다리는 게

　아니겠어요

나는 온전히 가로등의 애인이 되어서

저쪽 여자에서 이쪽 여자로

난만하게 핀 안개의 꽃들 속에서 밀회를 즐깁니다

그러다, 달콤하고 어렴풋한 피로에서 되돌아온 나는

밖에서 눈을 안개로 변장시키는 계절의 신이

밤의 바다에 은혜로 베풀어 주시는 숙면의 나무 열매

　받아들이겠지요.

Ⅱ 새벽의 곡晨の曲

어라, 그리운 발소리가 바닥 속까지 숨어 들었군요

저녁의 애인이 또 오늘 아침 일찍부터 왔던 걸까요

나는 서둘러 일어납니다

뻐덕뻐덕하던 수건도 오늘 아침은 나긋나긋

　부드럽습니다

세수하러 나와 보니

처마 끝의 눈이 녹아 토독 토독

얄미운 애인 흉내를 내고 있었습니다

하지만 다시 보세요

내가 자던 사이에도 계절의 신은

쉬지도 않고 자지도 않고 미묘한 세공을 했던 듯

　보입니다

저쪽 나무에도 이쪽 나무에도 꽃의 휘장이 난만하게

　걸려 있지 않겠어요

지상에 딱딱하게 죽어 있던 눈을 되살리고

자유자재로운 비행사의 안개로 변장시키며

낮은 담장이나 벽보다, 훨씬 높은 나뭇가지라는

　나뭇가지에는 죄다 기어오르게 하여

봄 치고는 너무도 청초하고

너무도 플라티나*성 찬 빛이 가득한

* Platina. 백금.

하얀 눈꽃의 휘장을 겨울 하늘에 어울리게 내걸어

  닫은 듯 보입니다

일본에선 **고목에 핀 꽃**[*]이라는 말을 자주 하는데

그것은 이쪽 조선의 겨울이 아니면 볼 수 없을

  것입니다

꽃을 피운 할아버지^{花咲爺}** 이야기는 내지의 전설에서

  빠져나와서

반도의 하늘을 흐르는 **사온**의 따스한 기운 타고

표류하는 계절의 신이 되었으리라 여겨집니다.

* 일본의 속담으로 마른나무에 꽃이 피듯 쇠했던 것이 다시 번영하
는 것을 비유한 말이다. 대조적으로 한국에는 '마른나무에 꽃이 피
랴'는 속담이 있다.
** 선량한 할아버지가 보물을 찾고 고목에 꽃을 피우며 높은 사람에
게 상을 받게 되고, 욕심쟁이 이웃 영감은 실패한다는 일본의 옛날
이야기.

봄
春

긴 담뱃대長煙管

그것은 그들을

자유로운 몽환의 왕국으로 이끄는

괴상한 매력을 품은

가냘프고 길쭉한 관——

길면 길수록

이상하고 고귀한 꿈이

어렴풋이 나타나 자욱해진다고 할까

지체 높은 분 입술에 닿은 노란색 기다란 관이여

백발의 지체 높은 분 얼굴에는

근심의 구름 한 점도 없고

은으로 장식된 물부리에서 어슴푸레 오르는

보라색 또는 백색 연기가 사라져 가는 쪽을 본다

아아 그저 바라만 볼 뿐——

보라색 연기는 보랏빛 꿈 낳고 백색 연기는 흰 꿈

　낳겠지만

시뻘건 혁명의 꿈 시커먼 파괴의 꿈이 아니니

그것은 도잠陶潛*이 추구한 꿈, 장자莊子가 꿈꾸던 망상

몽환의 위로가 손에 가득한

그들만이 소유할 수 있는 자유의 왕국으로

마음을 나비처럼 춤추게 하여 이끄는

보라색 또는 백색 연기를 뿜는 긴 담뱃대는 그들

　민족만의 위안——

* 도연명陶淵明(365?-427?)의 다른 이름. 무릉도원의 이상향을
노래한 중국의 시인.

연紙鳶

빙그르 빙그르
손에서 회전하는
아이의 얼레는
원을 그리며 빛난다

빛나는 생명의 실은
한 줄기 저 멀리
얼레로부터
창공에 걸려 있구나

걸린 곳
찬란히

난무亂舞하는 날개 펼치는

새봄의 햇살이여

아아 그 날개 한쪽인가

실이 늘어져 내리는 곳

아니, 그것은 아이 마음이

저 멀리 올라가 빛나는 것

빛나는 아이 마음은

자유로이, 가로막는 것 하나 없이

창창한 저 하늘을 헤엄치누나

오오 얼마나 반짝이는 아이의 얼굴이더냐!

웃음의 물결이 흘러넘칠 듯한

아이의 얼굴은 올려다보며

저 멀리 손에서 이어지는

자기 마음과도 같은 연을 보는구나

어린 눈동자에 가득한

나긋하게 자라나려는 생명!

만물을 꿰뚫으려는 환한 빛!

멈출 수 없는 힘이 하늘을 쏘누나

음력 정월의 하늘이

붉은 흙 드러난 반도의 땅 위에

모조리 비춰 반짝일 때!

조선의 아이들은 행복하리니

아아 빛으로 차서 넘칠 것 같은

연 날리는 아이 얼굴을 보라

빛나는 연은 아이의 생명!

오오 빛나는 아이는 새로운 조선의 생명!!

가난한 아이들의 연 まづしいこどもらのたこ

퍼러럭 퍼러럭

....

미소가 쏟아질 듯하구나

보시게

저 조선 사람

가난한

아이들의 얼굴을

붉은 윗옷의

색도 바래고

하얀 바지도

때가 탔지만

나란히 서서

연실을 조종하는

네 명 아이들의

얼굴은 제각각이로다

한낮의 햇볕에

반짝이면서

미소의 물결이

얼굴에 부서지는구나

오오 양반 집 아이가

커다란 연을

하늘 높이 올리려는

마음을 먹은 게로구나

신문지의

찢어진 조각 하나
실 끝에 매달아
아이들은 손으로 조종하고 있구나

바람이 부는 대로
표류하면서
멀리는 오르지 못하는
신문지이기는 해도

보시게
조선 사람의
가난한
아이들의 얼굴을

퍼러럭 퍼러럭
....
미소가 쏟아질 듯하구나.

조선 땅의 초봄鮮土浅春

I

토도독 토도독 밀기울 뿌리기라도 한 듯한
아니, 연기인지 뭔지가 사라지기라도 하듯이
구름 떠있는 하늘의 푸르름은
밀크색으로 녹아 어렴풋이 자욱해져 있네
기차 창문으로 계속 끝도 없이 이어지는 산들은
따뜻하고 갓 벗겨낸 듯한 달걀 노른자색으로 부풀어
작은 소나무로 비단옷 걸친 산들은
휘파람새 새끼처럼 통통해져
하늘이라는 어머니 가슴에 포근히 안겨 있네
보면 볼수록 부풀어 오르는 부드러움

하늘의 손으로 지탱된 둥글고 붉은 술잔으로부터

신선하고 맑은 청주가 뚝뚝 떨어져

신의 사랑에 취하지 않는 이 없는 조선의 산하山河여.

Ⅱ

눌은 내 나는 마른 풀잎 깔개 위에 서 있는

여러 줄 포플러 나목들이, 고스란히

하얀 햇빛에 젖은 새하얌

아름다운 여인의 뼈를 빼서 조립한 듯한 새하얌

그러나, 이것은 살아 있는 뼈의 무리로

이윽고 멋진 파란 싹 틔울 것이니

허나 그런 것은 전혀 예기치 않은 것 같구나

찬 바람과 눈보라에 시달린 고통 어디로 갔는고

그런 일은 꿈에도 없던 것 같구나

그저 고요히 있을 뿐

플라티나만큼의 반짝임도 없이, 의젓하게

빛난다고도 하기 어려울 만큼 빛나고 있어

열반涅槃과 같은 기분에 잠겨

내 눈동자는 이 나목의 모습에 못박히누나.

까치와 봄カチ鴉と春

추운 날씨에 오랫동안 그대로 드러났던
저 커다란 공 같은
까치집도 하늘 높이
정말로 운치 있어 보이게 되었습니다

바늘처럼 뾰족이 자란 포플러 가지들은
산들바람에 하늘하늘 귀여운 잎 달고
그 둥지 에워싼 모습이
여인의 살갗에 걸치는 초록 비단천과 쏙 빼닮았습니다

보세요 푸른 보리 깔개가 펼쳐진 밭 위를
이쪽저쪽에서, 까치의 검정과 하양이 빛납니다

자기들 집이 멋있어졌다고

아름다운 빛에 잠겨 기뻐하며 날아도는 거겠지요

아아, 조선에도, 언젠가

그리움이 숨어들고 있던 것이군요.

미륵불과 벚꽃勒仏と桜

왠지 모르게 마음을 홀리는 듯한

약간 끝자락의 끈끈한 촉수를 가진

보이지 않는 나비가, 날갯짓하며

흐드러지게 핀 일본 벚꽃 안에서

구더기처럼 몇 천 마리인지 모르게 무리 지어 와

내 몸에 기분 나쁘게, 그러나 흔쾌하게

거미줄처럼 얽혀드누나

아아, 그것은 저 번들번들한 상아와 닮았고, 더구나

홍장미의 따스함을 가진 아름다운 여인의

살갗에 둥지를 튼 저 향기를 지닌 나비가 아닌가

사원 마당에는 이 구석에서 저 구석까지

무명無明의 향기로운 비단 만다라를

날갯짓하는 나비가 짜내 만들어 걸고 있는 것이리라

어디를 걸어도 달콤한 압박을 느끼고

올려다보면 이 조선 특유의 돌미륵부처님까지도

온화한 표정으로

입언저리에 참기 힘든 미소를 언제까지고

언제까지고

머금고 계시지 않은가.

                —논산 미륵*께서 벚꽃을 보시는 인상

* 논산 관촉사의 석조미륵보살입상, 세칭 은진미륵을 말한다. 높이 18.12m에 이르며 토속적 표정의 큰 두상을 가진 이 석조 불상은 고려 광종 때인 968년에 만들어졌다고 여겨진다. 일제강점기 미술사학자 세키노 다다시關野貞의 혹평 이후 오랫동안 폄하되다 1963년 1월 21일 보물 제218호로 지정되었고, 2018년 4월에 국보 제323호로 승격되었다.

타이완과 조선台湾と朝鮮

−조선에 있는 한 나그네로부터

　타이완 시인들에게 부침

아아, 극동의 나라 일본의

두 손에 이어져 있는

타이완과 조선은

내 가슴에, 끝없는 몽상을 불러일으킨다

섬광, 한 섬광, 긴 자루의 창 번득이며

진홍으로 불타는 핏줄기의 비를 내리며

처창悽愴한, 쾌활한, 생번生蕃*의

홍소哄笑의 꽃이 피는 타이완

느긋, 느긋하게, 긴 담뱃대의 연기 흔들면서

* 타이완 고사족高砂族 중의 원주민을 이른다.

덧없이 사라지는 쪽을 바라보고는
품위 있는, 고원高遠한, 귀인의
사색의 꿈 펼쳐지는 조선

두툼하고 반드르 윤기 나는 녹색 잎의 퇴적
지독한 감청색 기름을 가득 채운 바다
아아, 이글이글 작열하는 무쇠 피부로 덮인
타이완은 형형한 태양의 나라, 남성의 나라

소박하면서 담백한 흰옷의 무리
그윽히 멀리 밤의 어둠을 흐르는 다듬이 소리
아아, 군더더기 없는 물의 영기靈氣에 충만한
조선은 청초한 달의 나라, 여성의 나라

태양의 나라에는 열이 있다, 피가 있다
어떠한 절망도 소생시켜라
무한한 창궁까지도 관철시키려 하는
생명에 타올랐다가 잘게 부서지려고 하는 아이가

타이완이다

달의 나라에는 위안이 있다, 눈물이 있다

어떠한 절망에도 빛을 주고

무궁한 미래에 평안을 추구하려고 하는

기원에 높이 영원의 눈동자를 들어 올리는 노인이

　조선이다

아아, 극동 일본은

아이가 바치는 남성의 태양, 노인이 바치는 여성의 달

멀리 갈 곳을 비추는 두 생명의 빛을, 좌우에 두고

영겁으로 번영하려는 행복에 신께 감사하지 않을 수

　없으리라.

장편시
흙담에 그리다
土墙に描く

서곡序曲

걸어가는 나의 발길 따라서

돌고 돌아 이어지는 흙담이여

밭이 솟아오른 두둑처럼

창백하고 울적한 피부에 말라붙은

지렁이 같은 냄새 끊임없이 사방으로 손을 뻗어나가듯

온돌 집을 휘감고 부락을 에둘러서

마침내 조선반도를 굽이치는

흙담은 나를 흐린 하늘의 환상 세계로 이끄는 수상한
  안내자

아아 내 머릿속에는, 저 건강치 못한 색 구름이

뭉게뭉게 피어 만연하고

가슴에 참을 수 없는 그림자를 드리우누나

하지만, 화려한 현혹의 색채로 겉치레하지 않고

자연 자체의 모습으로 있는 소박함이여

오오 또 그 두둑에 훌륭하고 신선한 푸성귀가

　돋아나듯이

이 메마른 흙담에도 물의 정기 뿌려주면

훌륭한 생명의 꽃이 분명 피어나리라

──나는 발걸음 옮기면서도

온돌 집을 휘감고 부락을 에둘러서 반도를 굽이치는

　환상의 흙담에

반도인 가슴에 솟아나는 두루마리 그림 그려나가련다.

어둠의 곡闇の曲

저지당하는 저주여!

아아 모든 나무들이

저 작은 들판의 냉이까지도

쑥쑥 자라, 손을 멀리까지 들어 올리고

호박琥珀처럼 맑은 햇볕이 주는 맛있는 술의 방울들을

유리처럼 빛나는 하늘의 푸른빛 진한 피의 방울들을

받아들이는 것을 본다——

그런데도

무거운 돌이 위를 내리누르고

생생한 나뭇가지와 줄기도 막히고 억눌리며

햇빛과 하늘의 은혜로움에 취할 수 없는

초목의 고뇌가 우리의 고뇌 아니겠는가

뜯겨나가는 저주여!

아아 저지당하는 저주라면 참기라도 하리라

그대는 본 적 없는가

저 길가에 비참한 운명을 짊어진 가로수를

악동의 장난질에 제물로 바쳐지고

사나운 마부가 말 엉덩이를 때리는 채찍이 되기 위해

겨우 몇 자^{尺}에 불과한 묘목의 가지를 휘어 꺾이고

　휘어 꺾이며

이윽고 짓밟히고 학대당하다

결국에는 살아나지 못하는 가로수의 슬픔이 우리의

　슬픔 아니겠는가

완전히 죽지 못하는 저주여!

아아 생명을 앗는 저주라면 체념이라도 하리라

진정 연옥$^煉獄$의 벽 단단하고, 높으며

감옥 창문 너무도 작아

햇빛을 올려볼 수 없는 죄수의

한숨은 암울한 안개가 되리니

오체가 꺾이고 피가 배이며

여전히 끊어버릴 수 없는 생명에

뱀과 개구리의 이상한 불쾌함이

교외 길가에서 몸부림치고 있구나

실로 죄수와 몸부림치는 뱀과 개구리의 고통이 우리의

　　고통 아니겠는가

저주다!

저주는 끝내 저주다!

저주의 불꽃이여, 올라라

아아 우리의 해쓱해진 몸집에서

아름다운 홍련 같은 불꽃은 오르지 않으리

허나, 탁류처럼 치솟는 불꽃이여

회오리처럼 올라서

홍련 같은 불꽃으로 타기보다 추하게

지상을 태우고, 하늘을 태우고

만물을 모조리 태워버려라

우리 마음의 아궁이에는

억누를 수 없는 저주의 장작이 타서

지금 바로 분방하게 아궁이의 불길을 당기려 한다!

꿈의 곡夢の曲

A

친구여! 저 견디기 어려운 울림을 들어라

머나먼 병영에서

어두운 밤의 장막을 잡아 찢고 잡아 찢으며

나팔의 서늘한 소리는 백은의 날붙이 번쩍이게 하고

우리 **어두운 밤**의 마음을 거세게 뜯지 않는가

아아, 그 나팔 울리는 곳

냉수 한 말 끼얹어

혼이 찢기고, 떨며 전율하니

나의 친구들, 얼마나

예리한 날붙이에 인종하고 학대받고 있을 것인가

아아, 저 울림! 칼날!

B

일어서자! 친구여.

우리는 우리의 나팔을 불어 울리자

불고, 불어서

저 증오에 가득 찬 나팔 소리를 불어 없애자

일어서자! 친구여.

우리는 우리의 총검을 쥐자

우리의 총검으로 그들의 총검을 분쇄하자

힘에는 힘으로써 부딪쳐라!

C

그렇다!

우리의 동료는 이미 저기에 있다

친구여! 우리도 또한 손을 맞잡고

양자강변, 상하이의 본영으로 향하자

그리고, 장절하고 통쾌한 불꽃으로 장식된

경천동지驚天動地할 책략을 꾸미자

아아 우리 희망의 빛으로

형형히 빛나는 수호지水滸誌, 상하이여

D

하지만, 하지만

총검에 보복하려 총검을 든다한들

우리에게 어느 정도의 힘이 있는가?

백년하청百年河淸을 기다린다는 속담을 모르는가

파괴, 파괴, 파괴가 있을 뿐

무한한 저주를 타파하기 위해서는

하늘도 찢고, 땅도 무너뜨려라

천지간에 있는 모든 것을 불어 날려라

그때 나라는 존재도 설령 다시

사라져 버릴지라도

아아 청정하리라, 영롱한 천지!

E

진실로 백 말 정도 쌓인 체증이 풀리리라

폭탄, 폭탄, 폭탄——

우리 생명을 담은 폭탄

우리 생명이 환한 불꽃 피워내며

하늘에 오르고 땅에 날아내려

삼라만상을 불태워버릴 때

아아 천지는 우리의 혈기 만발한 꽃으로 채색되리라

봄이여!

처참한, 그러나 통쾌한

저주의 불기둥이 불타오르고

억압, 제한, 지배, 모든 것을 다 태우리라

베수비오 화산의 분화보다 붉은 열정의 봄이여!

저주의 장작에 불을 붙여서

높이 높이 하늘을 그슬려라

널리 널리 땅을 태워라

F

친구여! 자 이 희미한 산들바람에

너의 불꽃처럼 타오른 뺨의 장미를 불어 보려마

격정뿐인 분방함은, 결국

여름 등불에 몸을 태워버리는 풍뎅이에 불과하리니

우리는 하늘로부터 받은 생명을 더욱 사랑하노라

그리 쉽사리 태워버리는 것에 견뎌낼 수 없으니

자아, 차분히 이야기하자

G

그렇다! 무턱대고 미친 듯 지푸라기 잡으면 잡을수록

빠지게 되는 우리 몸 아니던가

또한 그들은 언제까지고 언제까지고

나팔을 불어 목을 망가뜨리려는 생각도 아니리니

 (목이 아플 터이니)

이윽고

우리의 자유와 요구를 용인하는

좋은 아버지가 되리라

이제 우리도 과감하게

그들의 사랑스러운 자식이 되는 게 좋을지도 모르지

 (사랑스러운 자식을 때리는 부모는 없을 터이니)

그리고 자식에게 걸맞은 권리를 요구하자

고뇌에서 고뇌로 끝나는 투쟁, 폭발, 소요보다도

우리는 따뜻한 복숭아빛 평화를 동경하나니!

H

아아, 우리 선조가 높였던

비참함 가득한 태형笞刑의 피 튀는 소리는

머나먼 과거의 **때** 저편으로 사라져 버렸다

보라, 우리가 어린아이일 무렵 저 민둥산도

지금은 엷게 소나무색 비단천에 덮여 있지 않은가

가혹한 정치가 깨끗이 쓸려나간 뒤 싹트는 새로운

　　정치의 광채

찬미, 찬미, 나는 오히려 찬미한다

선을 선이라 하고, 미를 미라고 하는데

무슨 거리낌 있을쏘냐

I

당신들은 묘하게 소동을 떠시지

좋다든가, **나쁘다**든가

허나 결국 그것이 어떻다는 말인가?

내 아버지는 농사꾼이었다

나도 또한 농사꾼——

아버지는 그저 논밭을 갈며 일평생을——

나도 또한 논밭을 갈며 일평생을——

이 반도를 다스리는 사람이 누구이거나

훌륭한 작물이 나오게 하면 되는 게지

훌륭한 작물을 가능한 한 비싸게 팔아

판 돈으로 막걸리의 취기를 실컷 사서

술집에서 집으로 돌아가는 장날 몇 리나 되는 갈지자
  걸음

 (그때 밝은 달님이라도 길을 비춰 준다면 사방이
  약간 품위 있어질 뿐이지)

이것이 아버지의 일평생, 나의 일평생

결국은 바뀌는 것도 없으리니

J

옳거니!

나도 마찬가지로 까마귀나 개구리 흉내는 내고 싶지
　않구나

하지만, 예전에 읽었던 무수한 서적들은

도道나 덕德이나 의義를 내세우며

내 주위에 무리 지어 몰려들어서는

이 상태로 있는 것을 용서치 않아——

사서오경四書五經을 배워야 하는 양반의 자식이었던
　까닭에 받는 이 고뇌!

아아, 나는 수양산首陽山에서 고비를 캐던

깔끔하고 시원스런 백이伯夷 숙제叔齊*의 숭고한 눈동
　자를 동경한다

저 청명한 물 같은 혼백 찾아

반도를 뒤로 하고 중국으로

도원향을 찾아가는 표랑漂浪의 여행길에 오르자.

* 이들은 원래 중국 은殷나라 왕자들이었는데 후계자 되기를 사양
하고 떠났다. 이후 주周나라가 은나라를 토멸하자 인의를 위배한 주
나라 곡식은 먹지 않겠다 하여 수양산에서 고비를 캐어 먹으며 지낸
깨끗한 절조의 상징적 인물들이다.

새벽의 곡曙の曲

아아 보라

별은 별로서 저 창공에 찬란하게 빛나고

나무는 나무로서 지상에 청명한 초록의 팔을 뻗으며

강은 강으로서 영원토록 시원하게 땅위를 흐르지

　않는가

설령, 그것이 일본에 있고 인도에 있고 로마에 있다손

　치더라도

우리를 저지하고, 뜯어내고, 괴롭힌다고 사유하는 것

그것은, 저 물에 이는 거품처럼 덧없는 꿈——

저 하늘에 솟아올라 새 그림자처럼 사라져 가는

　허무한 구름

오장육부의 쇠퇴가 잉태하는 망령의 모습 아니겠는가

그저 눈에 보이는 것, 귀에 들리는 것, 손에 잡히는
　것에
눈을 부라리고, 귀 아파하고, 손길 애먹는 자가
　난무하는 모습이여
상대에 조종되는 꼭두각시 인형 우리라고 치면
악마의 갈채 소리를 듣는 것에 불과하리니

그저 눈에 보이는 것, 귀에 들리는 것, 손에 잡히는
　것에
값싼 체념의 미소 바치고
허무한 노비와 몸을 버린 자 우리라고 치면
아첨과 **굴종**의 상품 견본에 불과하리니

그저 눈에 보이는 것, 귀에 들리는 것, 손에 잡히는
　것에
먹색 혐오의 심정 품고

도피의 꿈을 신선 세계에서 쫓으려는 자 우리라고
　　치면
자기 가슴에 뜨겁게 타오르는 생명을 버린 배신자에
　　불과하리니

아아, 그저 눈에 보이는 것, 귀에 들리는 것, 손에
　　잡히는 것에
때의 그림자에 공허히 사라지는 구름이나 안개에
가슴 답답해 하며 마음 번뜩이는 측후소 기사가
　　되기보다는
망상이 잉태하는 망령의 모습을 불어 없앨 명탐정이
　　되자

항상 생생한 별이나 나무나 강처럼
우리는 **상대**를 뛰어넘고 **가현**仮現*을 초월하여
자신의 반짝이는 진짜 생명의 꽃을

* 임시로 모습을 드러낸 것이라는 뜻. 신이나 부처가 잠시 현실에
모습을 드러내는 화신化身.

멋지게 **제삼세계**第三世界에 피우자

아아, 우리의 소나기 지난 다음 같은 눈초리는
저 멀리 푸르게 열린 하늘의 한 켠을 바라본다
겹치고 겹친 저주의 파도 같은 구름 멀리 넘어 빛나는
영원한 샛별!

부속시

야마토 시
大和詩

빛의 야마토光りの大和

포도독 포도독 해 뜬 낮에 비가 떨어져 내리네
야마토 강을 따라 달리는 기차 창문에 포도독 포도독
　떨어져 부딪는
아아 커다란 빛의 빗방울이여

멀리, 나무숲 없는 조선에서
민둥산에 마음 좀먹은 표랑자 나에게
포도독 포도독 빛의 비가 내리네

울퉁불퉁한 바위 여울에 허연 환상의 꽃을 피우면서
남쪽으로 흐르는 야마토 강*의 남청색은

* 나라현奈良県 북부 가사기笠置 산지에서 발원하여 서쪽 오사카

117

빗발을 적시어 선명하게 살짝 냄새 피우면서

한편, 과수원 밀감의 짙은 녹청색도

널찍한 포도의 푸른 잎도, 한결같이

초록에 젖고, 금빛에 젖어, 젖은 빛에 온통 반짝거리네

아아, 또 멀리 수목도, 지붕도, 산맥도

금빛 모래땅 색지에 그려진 원경遠景처럼

눈부시게도, 흐릿하게 물기 머금고 빛나지——

몇 년의 세월 식민지 분위기에 메마른 가슴에

촉촉이 젖어 빛나는 야마토 풍경은, 불꽃처럼

명공名工의 필촉보다도 예리하게 아로새겨지누나

상고上古, 우리 천황すめろぎ*이 번영의 도읍을 열었던

만으로 흐르는 68㎞의 강.

* 원문에서는 일반적인 천황을 가리키는 단어인 덴노天皇가 아닌 7세기 이전 고대 천황을 가리키는 명칭인 스메로기すめろぎ로 표기하고 있다.

야마토라는 나라는 고대 일본의 그윽한 추억 속에서

흔들흔들 황금처럼 빛나고 아련히 흔들리네

아아, 내 온갖 촉각은

지금, 빛의 고대 야마토 위를 기어 돌아다니고 만지고

　돌아다니니

조국의 향내에 표랑자의 혼 나긋나긋 놀게 하노라.

푸른 잎과 나라青葉と奈良

올려다보면, 하늘 가득히

겹치고 또 겹친 푸른 잎 초록 잎사귀 무리가 눈동자에

　밀려들어 온다

삼나무의 촉촉이 젖은 듯한 무거운 잎

소나무의 뾰족뾰족 사방을 찌르는 검은 바늘

어린 단풍잎의 앙증맞은 유치원 아이가 앞다투어 올린

　듯한 손

벗꽃의 산뜻한 담채淡彩 풍의 가벼운 잎

꽃이 없는 팔 월, 가스가 들판春日野* 나무숲을

　거닐면서

* 나라시奈良市의 가스가 산春日山 서쪽 산록 일대의 들판으로 지
금의 나라 공원 근처.

사람들은 봄의 나라를 찬미하지만

벚꽃의 나라보다 푸른 잎의 나라가

보다 나라답다고 느끼게 되는구나

그리고, 거기에 『만요슈万葉集』*의 촉감을 느끼고,

　고대 일본의 촉감을 느끼나니

그것은 봄이나 헤이안平安 시대** 촉감과는 절로 다른

젊은이의 육체처럼, 선명하고 향기로운

건강한 문화의 내음!

* 나라 시대인 8세기 중반에 성립한 일본에서 가장 오래된 대규모 고전 와카和歌 작품집.
** 나라에서 수도를 헤이안(지금의 교토)으로 천도한 794년부터 약 400년간의 왕조 시대.

길道

푸른, 그것은 그저 푸르른 평야를

아득히 먼 곳으로 통과해 가는 하얀 길이다

멀리 멀리, 끝도 없이 이어지고 있지만

아득한 저편은 좁게 푸른 속으로 사라져

영문도 알 길 없는 원경에 녹아들고 있구나

지금 여기 남아있는 이치조一条와 산조三条의 길을

와카쿠사야마嫩草山 산 위에서, 마치

멀고 머나먼 나라奈良 시대로 이어져 가는

길이던가 절절이 가슴 속에 떠올려 보노라

그러나 나라 시대는 역시 길이 사그러져 가는 원경과

　마찬가지로

어렴풋한 환영의 나라로다

아아 이 이치조나 산조의 길이

다른 길들이 지금까지 사라진 것처럼

완전히 사라진 몇 천 년 뒤에는 나라라는 시대 또한

꿈이나 구름처럼 하늘 저편으로 사라지겠지

호류지* 중문에 탄복하는 시法隆寺中門嘆賞詩

용마루의 휨, 기울기의 휨

맑게 비치는 유리라도 깐 듯한 드넓은 하늘을

구분 짓는 곡선의 산뜻함 아름다움

그런데 또 그 우아하고 요염한 지붕을

창공에 떠받친 원기둥은 붉은 장미처럼 불타오르노라

술병처럼 볼록 나온 곳은

아스카飛鳥 시대를 향한 그리움 불러일으키는

　원기둥이구나

더욱이 그 엔타시스** 양식 돌이켜 보면

---

* 나라현에 있는 일본에서 가장 오래된 목조 건축물로 6세기 말부터 7세기에 걸친 아스카 시대를 대표하는 문화재다. 당시 백제 기술자들이 건축에 참여하여 백제 양식과 유사한 양식들이 발견된다.
** 기둥 가운데 부분이 살짝 볼록한 것으로 우리 말로는 배흘림기둥.

고대 그리스 건축을 향한 사모의 정을 불러일으키는

　원기둥이로다

아아 여행하는 것조차 몽상과 같을 무렵

그리스 건축가의 지혜에서 짜낸

아름다운 미의 형상은

멀고도 먼 고대 일본으로 흘러들어와

영원히 빛날 꽃처럼 야마토 하늘에 피어 있는 것이다

나는 느긋한 발걸음으로

밝디 밝은 미의 정신에 타오르는 붉은 칠한 기둥

　매만지며

살짝 튀어나온 곳을 애무하려네.

힘力

첫눈에, 심금이 울었다
세 번, 네 번, 앞에 서면 내 근육은 긴장하여 근질근질
　좀 쑤신다

나라 박물관 한구석에 나란히 선 두 금강역사金剛力士여
　(유리문 안에 서 있지만 유리문 안 인형은 아니지)
아아 덮쳐오는 것은 악마인가 귀신인가
마력의 위대함 질풍의 격렬함이 넘쳐흐르고 있구나
뒤로 흐르듯 날리는 의복의 주름이나 구석구석의
　강력한 힘
허나 마물의 질풍신뢰疾風迅雷*와 마주해도 굴하지 않는

* 심한 바람과 사나운 우레처럼 몹시 급히 진행되는 일을 뜻하는 말

체구는 무쇠인가 바위인가

바위를 디딘 다리, 주먹을 들어올린 팔, 돌출된 가슴

아아 울퉁불퉁 파도처럼 솟아 있는 근육이여

하나하나 힘에 충만한 그 근육 한 조각 한 조각은

그 자체만으로 부르르 살아 있지 않은가

더욱이 보라 그 표정을

얼마나 정교한가! 얼마나 탁월한가!

곤두서서 날카롭게 마물을 쏘아보는 눈빛

불뚝불뚝 알프스보다 험준하게 우뚝 솟은 두개골

게다가 안면의 소근육 팽팽한 그 발랄함이라니

아아 이렇게 부르르 떨리는 한 조각 한 조각이 모이고

    모이는구나

그러는 동안 어디에 약간 틈이라도 생기겠는가

전신은 전신으로서의 조화를 유지하고

타오르는 피가 구석구석 돌아 흐르고 있지 않은가

어떠한 악마의 폭력이나 권위도, 이 앞에서는

로, 원문에는 '질풍신래疾風迅來'라 되어 있으나 '疾風迅雷'의 오식
으로 보여 정정하였다.

안개나 연기처럼 사라지리라

그야말로 이것은 힘의 최고봉!

두 금강역사가 밟은 바위까지 몸과 서로 녹아들어

한 곳을 직시──혼연의 힘 성난 파도처럼 내 가슴에

　밀려오지 않는가

아아 만든 이 조케이定慶*는 아버지 운케이運慶**마저

　뛰어넘을 힘의 조각가

남성적인 가마쿠라鎌倉 시대***의 상징을 전하는 빛이여.

* 12세기 후반의 불사佛師로 일파를 이룬 유명 조각가이며, 이 시에서 말하는 금강역사는 고후쿠지興福寺의 국보 금강역사입상을 말한다.

** 1150년 경 태어나 1223년 타계한 것으로 알려진 불사. 나라 지역을 거점으로 활동하였고 조케이는 그의 차남이며 게이 파慶派를 이룬 중심인물.

*** 가마쿠라鎌倉에 미나모토 요리토모源 賴朝가 막부를 세운 1192년부터 1333년까지의 약 150년간.

탑塔

아아 누군가 말하지

"불교는 소극적인 법이다"라고

우러르라——

구륜九輪*의 뾰족한 끝이 새빨간 태양을 찌르고 있지

　않은가

흔들 흔들

타오르는 수연水煙**은 하늘을 향한 끄기 어려운

　마음의 불꽃!

* 불탑의 꼭대기에 쇠나 구리로 바퀴 모양 테로 만든 아홉 개 장식.
** 수연은 구륜 위의 장식품(?)으로 화염을 본뜬 것이다. 참고로 114
쪽에 그려진 그림은 야마토의 야쿠시지薬師寺 동탑의 수연에 있는
천인天人의 모양을 본떠 다다 기조多田毅三 씨가 그린 것이다.(원)

미카사 산三笠山

고대 일본 예술의 신이

수많은 위대한 불상과 칠당가람*을 다 짓고 난 뒤

머리에 쓰고 있던 갓을 두고 갔다는 것인가

청단이 고운 나라奈良의 도읍 동쪽에

커다란 갓이 세 개 겹쳐 있고

드넓은 하늘 아래 놓인 둥그스름함

갓 위에는 한없이 잔디가 자라

곳곳에 아무렇게나 바람에 나부끼는 참억새여

또한 흰 꽃을 매단 풀은 청초한 모양 자아내고

이 여름풀들 모습 사이사이, 눈 반짝이는 한낮이라도

작은 벌레의 순례는 구슬방울을 흔들며 편력하고

* 탑, 금당, 강당, 종루, 경장, 승방, 식당 등 사찰의 중요한 일곱 건물.

서툰 비행사인 메뚜기는 저공비행을 시도하며

고급 비행사인 잠자리와 나비는 이따금 고공에서

   하강해서

갓을 자기 비행장인 양 삼고 있구나

하지만, 이 커다란 갓 입장에서 보면

그것들 모두 그저 자연의 소박한 장식품——

시험삼아 아득히 멀리 떨어져 바라보라

갓 모양을 이루는 것은 그저 한 줄기 곡선에 지나지

   않으니

온갖 주위 장식품도 모조리 녹아들어 한 줄기

수많은 취향 그윽한 아름다운 생각을 잉태한 곡선이여

느긋하고 매끄러운, 문득 닿으면 손가락도 미끄러질

   듯한

아아 나는 아득히 바라보면서, 고대 예술의 신이

이 야마토 나라에 남기고 간 다양한 창작품을

   생각하노라

삼중이나 오중탑, 금당, 강당, 종루——칠당가람

그리고 그 안에 안치하여 모시는 온갖 종류와 모습을

한 크고 작은 불상과 불화佛畵

몇 백 몇 천이나 되는 미의 형상이 내 가슴속 거울에

　모습을 드리우지만

그것은 한없는 곡선을 조성하는 영상——

아아 고대 예술의 신은 자신이 쓰고 계시던

이 갓의 곡선을 온갖 다른 형식으로 조합하시어

천태만상의 지극히 불가사의한 미美를 창조하지

　않았는가

——실로 찬탄할 수밖에 없는 신령한 재주여

나는 세 개의 갓에 예 갖춰 경배하지 않을 수 없노라.

미카사 산 소곡三笠山小曲

여우비, 반짝반짝, 미카사 산에 내리면

어렴풋이, 젖어서 반짝이는, 초록과 황금색 곡선이여

아아 둥글고 풍만한 봉긋함

기예천녀伎藝天女*나 혹은 길상천녀吉祥天女**의 하얀

　살결의 부드러움

여우비, 반짝반짝, 미카사 산에 내리면

흔들흔들, 내 가슴에, 핏빛 붉은 모란이 불타오르지

　…………

* 대자대천의 머리칼에서 태어난 아름답고 재주가 뛰어난 여신.
** 귀자모의 딸, 비사문천의 아내로 중생에게 복덕을 준다는 여신.

삼림 숭배 森林崇拜

겹겹이 쌓아 오른 잎들의 퇴적 속에서

검푸른 영기靈氣 몽롱하게 피어올라

싸늘하게 영혼에 스미는 감촉을 발산하고

저절로 고개 떨구게 하네

무엇이든 오래되면서 저절로 신이 깃들고

내 손바닥을 치면, 바람이 나뭇가지에 살랑이면

낭랑한, 또 음습한, 신의 음성이 되어

넙죽 엎드린 자의 가슴 흔들고 영혼 움직이게 하노라

어두침침한 속에 흐릿하게 타는 등불빛이여

뭐라 말할 수 없는 몽롱한 감촉에 휩싸여 있노라면

깊고 깊은 삼림 속에 숨어드노라면
마음을 멀리 있는 신께 다녀오게 하누나

졸졸 조용하고 우아한 소리 울리며 흐르는 맑은 물아
울창하고 시커먼 나무뿌리에서 솟는 것이라면
희미하게 깊은 흙에서 나오는 백은색 물줄기라면
서늘한 신의 사랑은 마음의 먼지를 씻어내리라

신사神社에, 능에, 야마토를 편력하며
 (붉은 흙이 드러난 조선에서 돌아온 나는)
야마토 민족의 자연에 대한 동경과 숭경과 열애에
고마운 눈물을 느끼는 것이로다.

잡시
雜詩

상쾌함爽やかさ

살짝이 내 뺨을 어루만지지 않는가

선명한 쾌청함이 흐른

팔월 초순의 벼 잎은

희미하게, 희미하게, 흔들거리고

벼 잎에 부는 바람은 뺨을 어루만지지 않는가

머나먼 밝은 희망을

반짝이는 **수확의 가을**을

동경하여 흔들리지 않는가

이십 대의 나도

이 벼 잎과 같았으면 좋겠다 바라지만

그것은 십 대가 아니면 맛볼 수 없는 상쾌함과

　명랑함이 아닌가.

한 그루 나무 一本の木

보세요

아무런 기이한 점 없는 잎을 매단

한 그루의 포플러 나무지만

저 논 한가운데 홀로 우뚝 선 높은 나무를

정말 잘 익기도 했지

멀리 논에 꽉 찬 벼는 황금빛으로 흔들리고 있습니다

그런데 왜 글쎄 이렇다 할 꽃도 피지 않고, 이렇다 할

　　열매도 맺지 않고

포플러는 이 세상에 태어난 걸까요

허나, 지금 보세요

한낮의 정적에 햇빛의 잔물결을 받아

변변찮은 포플러 잎은 하나 하나

엽전처럼 귀하게 반사하며 빛나고 있습니다

바람이 드넓은 하늘 한 구석에서

수정 구슬 드리운 발과 같은 공기를 흔들고 가면

논에는 온통 황금빛 작은 방울이 서로 스치며

상쾌하게 대지의 마음에 소리를 들려줍니다

허나, 다시, 보세요

벼의 물결을 빠져 나와 하늘에 홀로 우뚝 서서

저 높은 포플러의 우듬지는 낭창하게 휘어집니다

흰 모습은 진정 금실 무늬 수놓은 의상으로 반짝이는

　여인 같습니다

이렇다 할 꽃도 피지 않고, 이렇다 할 열매도 맺지 않는

변변찮은 한 그루 나무도 매력적인 여인의 자태!

가을의 영광에 빛나며 기쁨에 취해 있습니다

허리 구부려 불변의 자연이 주는 사랑에 감사 기도를

　바치고 있습니다

보세요

아무런 기이한 점 없는 잎을 매단

한 그루 포플러 나무지만

저 논 한가운데 홀로 우뚝 선 높은 나무를.

잊혀진 실개천忘れられた小流

호남선의 분기점, 레일은 종횡으로 땅을 기고
화물 열차 몇 칸은 늘상 기분 나쁜 검은 그림자
　드리우며
오고가는 기관차의 악착같은 검은 연기 늘상 감도는
저 소란스러운 역 울타리 밖 바로 뒤편으로 이어진
　아카시아 숲

작은 국자 같은 귀여운 꽃잎을 달고 있는 아카시아
문득 올려다보면 저쪽에서도 이쪽에서도 창공의
　촉촉이 젖은 눈동자가――
왠지 나는 부끄러워져, 고개 숙여 걷고 있노라니
귓가에 작은, 그러나 명랑한 곡조가 메아리치네

대지에서 기분 좋게 자라난 아카시아나무 줄기 사이
어디로부터 와서 어디로 흘러가는 물인지는 몰라도
돌고 돌아 실개천이 흐르고 있다네
귀에 메아리치는 곡조 그 실개천에서 일어나는
　것이었으니

부들부들한 비단 같은 감촉으로, 조금의 집착도 없이
가을 냇물은 속세를 초탈한 성자처럼 흘러
그 흐르는 채로, 자갈돌에 부딪치는 대로 올려대는
　환성
아아, 자연의 법열法悅에 취한 깨끗한 노래!

어느 날은 낮게, 어느 날은 높게, 귀를 기울이면
작지만 기분 좋은 영원한 생명이여
나도 아카시아나무와 더불어 여기에 무념무상의
　상태로 서서
내 목숨을 흐름에 던지고 언제까지고 언제까지고

142

코러스의 황홀을 추구하고 싶구나

바람이 하늘을 건너 아카시아 우듬지를 흔들 때
작은 국자 같은 꽃잎은 큰소리 내 웃으며 떠들고
그 사이 틈을 노리고 있던 창공의 눈동자는 몸을
　춤추게 하며
금빛 시선을 반짝 반짝 법열의 흐름에 던져주노라

그러나, 오오, 나는 아카시아 통해 저편을 볼 때
화물 열차가, 검은 연기가, 소란스러운 분위기가
　있음을 잊고 있었지
기름과 땀으로 더러워진 옷 걸친 무수한 역무원 중에
잠깐 짬을 봐서 울타리 넘어 이 작은 숲에 앉아 쉬는 자
　한 명도 없으려나.

인간의 등불人間の灯

거뭇거뭇하게

그저 거뭇거뭇하게

하나의 색에 녹아 있지 않은가

저녁 땅거미에 누워 있는

호남평원은

그저 검디검은 고요함이로다

검디검은 천지로다

끝도 없는 쓸쓸함이

무한한 광야에서 솟아나

사람 가슴을 파고들지 않는가

아아 이 적막!

그냥 보라

하나의 등불

들판 끝에서

깜박이고 있지 않은가

적막을 견디고

어둠을 밝히려 하지 않는가

그러나 들판은 너무도 넓고

어둠은 너무도 깊어

등불은 자칫하면

꺼지기라도 할 듯 깜박이네

아아, 그러나 그러나, 여전히

타오르자, 타오르자, 하며

발버둥치는 인간 등불의

쓸쓸함이여.

병 앓는 자病めるもの

혼탁해진 마음의 뿌연 거울에

끝 닿는 곳 없는 세상에 서노라

의지할 것 없는 모습이 흔들리고 있구나!

고독한 자기 모습을 바라보며

몸에 감고 있는 뻣뻣한 이불 근처에는

싸구려 기성약 코로다인*의

달큰하고 끈끈한 냄새가

감돌 뿐

베개를 바꿔봤지만 인적도 없는

* 클로로다인Chlorodyne이라고도 하는 마취제·진통제류로 클로
로포름, 아편 등을 섞어 만들었다.

쥐죽은 듯 고요한 방은

세상 적막함 한가운데에 있는 것인가

아아, 아버지도, 어머니도, 형제도

혈연의 덧없는 줄은 끊기고

병 앓으면——완전히 황폐한 광야로

내팽개쳐진 고아 같은 느낌

가만히 이불에 눈꺼풀을 대고 있으면

고아의 가슴에 울려 퍼지는 무언가여

광야의 나그네를 위로하듯

그리운 눈물을 자아내는 벌레 소리

오오 그것은 난로 위에서 부글부글 노래하는

배게맡 약주전자로구나

정말로, 오직 한 사람 나를 위해 노래해주는 음악가

가만히 노래에 홀려 듣고 있자니

나 어느덧 꾸벅꾸벅 반수반면의 경계 헤매고 있도다

허나 문득 선잠이 깨면 노래는 끝나고

난로 불을 계속 지펴줄 사람도 있을 리 없지

오로지 유일한 짝이던 노래도 사라지고··········

그 다음은 또 뭐라 말할 수 없는 쓸쓸함

아아 다시 복통이 도지기 시작하누나.

안식安息

온몸의 신경망은, 백금 바늘에, 찔리고, 찔려서

종잡을 수 없이 흐트러지고 찢어져, 창백한 핏줄기가

　고통스럽게 뚝뚝 떨어지는 게 아닌가

아아 날카로운 빛으로 가득한 쾌활한 무희인 낮은

몹시 풍부하게, 자극적인 새빨간 후추등* 열매를

　머리 장식으로 삼고

떠들썩한 요설饒舌의 장본인으로, 마그네슘으로 된

　다리를 종알종알 떠들게 하지 않는가

나는 지금, 휘청휘청거리며 낮에 의해 실컷 고생한

　사지오체를

---

* 후추목 후추과의 상록 덩굴식물로 가을에 붉은 열매가 여러 개 길쭉하게 맺힌다.

부드러운 밤의 침대에 눕히려 하노라

그대여, 미안하지만, 스위치를 돌려주기를

전등도 낮의 멋을 낸 아가씨지

아아, 지금, 내 어린 시절 어머니는

기분 좋은 밤의 어둠이 되어, 나를 끌어안고

끝없는 안식과 위안으로 품어 주시네

오오, 이 감촉에 내 모든 신경망은 얼마나 위로받고

그리고, 얼마나 애무되는 것인지.

전등電灯

아아 이다지도 인간은 빛을 동경하는 것이던가

푸르스름한 땅거미가 석양의 뒤를 지배할 새도 없이

거리의 작은 방, 방에는

하나하나 정성껏, 빛의 소녀가 찾아오지

해님에게는 비밀로, 빛의 어머니를 감금하고

그 어머니가 낳은 소녀를

작은 선으로 각 집에 몰래 숨겨 놓고

스위치 하나 돌리면

튀어나올 듯한 장치를 하여

그것으로 하는 장사가 인간 세상에 있는 게지.

화르르 웃는 자가 있다 めらめら笑ふ者がある

아아 이 얼마나 윤기 있는 햇빛인가

나는 꼬리지느러미 흔드는 금붕어 같은, 그리움으로

끝을 알 수 없는 하늘에 눈부신 태양을 우러르고

상쾌하고 청신한 공기를 가르고

다리도 가볍게 바람처럼 헤매인다

길가의 가늘고 긴 줄기에 붙은

마른 잎 여러 장은 풍부하고 아름답게 빛나는 바람이

　　부는 대로

희미하게 금방울이나 은방울 소리

나게 흔들고 나게 흔들며

모처럼의 일요일을 개나 말과 같은 속박에서

벗어난 내 지친 마음에 울리게 하네

몽유병자의 발걸음으로 걷던 나는
문득 발밑에 흔들리는 뱀 같은 번득거림에
마음이 찢어질 듯 펄쩍 물러나 들여다보니
그저 검고 가늘며 긴 천 쪼가리가, 오오
아무런 이상할 것도 없다는 듯 가로질러 있네!

오늘 아침 너무도 새하얀 유리창 서리를
녹여 버린 햇살이므로, 이다지도 윤기 있게
새파란 하늘 가득히 맑고 밝은 빛의 날개를 펴고
천 쪼가리 문질러서 기분 나쁜 뱀처럼 보이게 하여
안식을 찾아 걷는 내 가슴으로 기어들게 하는가

아아 화르르 쾌활한 마술사가
쓸데없이 일하다 지쳐 있는 인간을
어딘가에서 비웃는 듯한 한낮!

봄밤의 꿈春の夜の夢

문득 침대에 있는 나의 눈꺼풀을

뜨게 한 것은

환하게 장지문에 핀 멋진 빛의 장미!

정말 밝은 아침이지만

어젯밤 꿈이 아직 욱신거리는 불탄 자리

내 가슴에 지네처럼 길게 누워 있구나

무언지 모르겠지만 야트막한 산이 있어서

산위 초록나무 사이로 살짝 보이는 기루妓樓 여럿

짙은 초록 속 낼름낼름 오르는 처염凄艶한 뱀의 혀여

젊은 여자의 노란 비명이

튤립 꽃을 찢는 듯이 산을 찢고

내 마음을 찢고

오오 그리고 허옇고 미끌미끌한

연지와 분을 바른 육체가 처덕처덕

불타오르며 산에서 무너져 내린다

──가슴 아픈 봄밤의 꿈이 타버린 자리는

검게 그을리고 생생한 까닭에

아침햇살 장미에 비치는 것도 적적해.

나무가 없는 하늘樹木のない空

오늘 아침 문득 올려다본
하늘의 쓸쓸함
어떻게 된 것인가
어제까지 우뚝 서 있던
나무는 어디로 갔나

공허한 하늘의 쓸쓸함에
가슴이 아파 고개 숙이면
희멀겋게 아름다운 살갗을──
껍질 벗겨진 나무가
땅위에 드러나 있지 않은가

내 눈에 시원한 은혜와 위안을 베푼

초록의 가로수

그것은 실로 오가는 사람 몇몇도 아름다운 생명의

　분수처럼 바라봤을 터인데

어떤 악마가

하룻밤 사이 이다지도 깊은 죄악을 저질렀단 말인가

누운 나무의 아름다운 살갗도

허옇고 기분 나쁜 사람 뼈 같은 영상으로

내 가슴에 겹치고 겹쳐

무언의 비애감을 지상에 던지고

아아 널찍해진 하늘의 쓸쓸함.

발문

　나병 환자의 살갗이 이어진 듯한 연상을 주는 적
토산, 한편으로 냉혹한 쇠조각을 이은 듯한 바위산
──반도에 발을 들여놓고 눈에 비치는 나무 없는 산
과 들에 누군들 적막과 공허의 느낌을 받지 않을 수
있었으랴. 하물며 나는 젊었다. 내 뜻에 반대하면서
도 일가가 새끼줄에 엮인 듯 이끌려 반도로 건너 온
것이 1921년 3월 말, 3월 말이라고 하면 일본에서
는 이미 봄, 보리는 파란 파도를 일으키고 공기 중에
는 온화한 아지랑이가 피어오를 무렵이다. 하지만 반
도의 이슬 꽃과 산봉우리는 아직 흰 눈에 덮여 있었

다. 일본에서 그리던 이상의 꿈이 깨지고, 환멸의 해골처럼 아직 눈도 녹지 않은 민둥산을 올려다보았을 때 절로 눈물이 배어나오는 것을 느끼지 않을 수 없었다. 눈물 지으며 발로 걷어찬 작은 돌이 굴러서 또르륵 또르륵 내던 뭐라 표현할 수 없는 소리—그것을 아직도 잊을 수가 없다.

살풍경한 산들, 게다가 평지에는 풀이 마르고 강줄기도 가늘어지며 곳곳에 빗자루를 거꾸로 든 듯이 우뚝 솟아 자란 포플러 나목들, 자연은 끝도 없이 쓸쓸했다. 그리고 이 천지에 차가운 그림자를 끌고 쓸쓸한 운명 그 자체인 것처럼 걸어다니는 흰옷의 사람들——타국의 말을 이해하지 못하는 신세로서는 그저 물끄러미 그들의 슬픈 모습을 바라볼 뿐이다. 또한 이 땅으로 이주한 일본인들은 어느 틈엔가 고운 인정의 심성이 고갈되어 버린 자들뿐. 끝을 알 수 없는 쓸쓸함은 어쩌면 나에게 술잔을 들게 만든 것이리라. 그러나 술은 쓸쓸함을 점점 더 넓게 타오르도록 만드는 기름일 뿐이었다. 그래도 시간이 경과함에 따라

초조하던 마음은 점점 침착과 냉정으로 돌아왔다. 설령 어떤 땅이든 아무래도 살아야 할 숙명이라 여겼을 때, 내 마음은 봄을 맞는 땅속의 싹처럼 움직이기 시작했다. 좋든 싫든 내가 생활해 나아가야 할 곳이라면, 오히려 적극적으로 이 땅에서도 삶의 보람을 찾아내고 싶고, 생명의 반짝임인 아름다움을 추구하고 싶었다. 그 바람이 싹을 틔우고 자라서 내 시가 되었다. 이렇게 태어난 시는 어느 정도 나 자신의 영혼을 위무해 주었으리라.

1921년 여름부터 1923년 여름까지 꼬박 2년 동안 창작한 시는 자연히 반도의 풍물을 노래하고, 인정을 생각하는 내용이 될 수밖에 없었다. 그래서 지금 이 2년 동안의 창작시를 편집하여 조선시 모음이라 이름 붙여 세상에 내보내기로 했다. 어느 정도 조선에 사는 사람들의 마음을 위로하고, 또한 일본인에게 조선의 아름다움을 접할 수 있게 했다면 더할 나위 없이 다행이겠다. 또한 부속시 모음으로서 야마토 시와 잡시를 덧붙였다. 이것은 반도의 풍물, 인정을 직접 노래간 것은 아니지만, 이 또한 앞서 말한 2년 동안 지은 시들이다. 1921년 여름 이전 작품은 일부러 여기에는 싣지 않기로 했다. 나는 교육자로서 생활하는 사람이어서, 애초 문학 방면에 충분히 기여할 수 있을지 자부하기 어려웠다. 하지만 향토문학 작품이 궁핍해지면 일본 문단은 시야가 매우 협소해진다. 요행히도 이 시집이 다소나마 자극이 되어 더 좋은 조선 시를 낳고, 향토문학이 융성하는 기세에 조금이라도 이바지한다면 뜻하지 않은 기쁨이리라.

이 시집 작품 속에 조선의 모든 것이 다 노래되지 못했음은 물론이다. 사실 재능도 얄팍한 나로서는 무턱대고 많은 풍물을 노래한다기보다 진정으로 내 심금을 울린 조선의 아름다움을 노래하고자 했다. 내 마음과 조선 자체가 융합된 경지에서 비로소 내 시가 태어났다. 따라서 여기 제시된 것은 조선을 지극히 작은 창문으로 바라본 풍경임에 지나지 않는다. 특히 내 거주지 관계상 거의 시골 풍경이다. 노래되어야 할 조선의 많은 부분들이 아직 그대로 남아 있다. 그

많은 내용이 보다 좋은 시인들에 의해 노래되기를 바라며, 나 자신도 미개척지를 괭이로 일구는 일을 잊지 않을 것이다. 조선 문학을 아일랜드 문학의 지위에 설 수 있게 하자고 권유해 준 어떤 시인 친구의 말을 나는 공연히 떠올려 본다.

이 시집 출판을 위해 가와지 류코 씨가 친절히 서문을 써 주셨고 다다 기조 씨가 장정과 삽화에 수고해 주신 것에 감사 말씀을 드리며, 또한 『경인』 사우들과 기타 지인 여러분들의 응원에 감사한다.

1923년 9월 1일[*]

조선반도에서

우치노 겐지

---

[*] 우연이지만 우치노 겐지가 발문을 쓴 이 날 일본에서는 간토대지진関東大震災이 발생하였고 도쿄와 요코하마 등 일본의 수도권은 궤멸 상태에 빠졌으며 이후 조선인 학살이 이어졌다.

옮긴이의 말
한반도 문학의 잊혀진 기억
우치노 겐지의 삶과 문학

  우치노 겐지는 한반도의 일본어 시문학에서 너무
도 중요한 인물이었음에도 불구하고 지금은 거의 잊
혀진 시인이다. 일본보다 부산에 훨씬 가까운 쓰시마
対馬에서 태어난 이 문학청년은 사범학교를 졸업하고
일찍 국어, 그러니까 일본어 교사가 되었고, 1921년
스물 셋 젊은 나이에 한반도로 건너와 대전중학교에
서 교편을 잡았다. 중학교 교사 생활을 하면서 대전
에서 한반도 최초의 일본어 시가 전문 잡지 『경인』을
1922년 1월 창간하였고 잡지를 주재하며 시 창작에
도 몰두하였다.

이 시기 약 2년간의 작품을 묶어 1923년 10월 간행한 것이 바로 본서, 우치노 겐지의 첫 시집 『흙담에 그리다』이다. 일본 구어자유시 성립에 큰 족적을 남기고 1920년대 전반기에는 주지파主知派 시인으로서 주가를 올리던 시단의 중진 가와지 류코가 서문을 써 주었고, 같은 쓰시마 출신 화가이자 기자로 재조일본인 미술계에서 활약하던 다다 기조가 장정과 삽화를 담당했는데, 이를 보면 한반도 시단에서 그와 그의 시가 수행할 역할에 거는 외부의 기대가 고스란히 느껴진다.

시집 『흙담에 그리다』는 크게 「조선시」와 「부속시 모음」으로 구성되어 있다. 「조선시」는 여름 편 8편, 가을 편 7편, 겨울 편 6편, 봄 편 7편, 그리고 문제적 장편시 '흙담에 그리다'를 포함하며, 「부속시 모음」은 야마토 시 편 9편, 잡시 편 10편으로 이루어져 도합 48편에 이르는 장단의 시를 수록하고 있다. 형식적으로는 4행련 시가 눈에 많이 띄지만 2행련, 5행련, 산문시 풍도 있어 전체적으로 자유롭다. 특히 조선어를 일본어 시 안에 섞어서 표기하는 점은 식민지 문학에서 보이는 언어의 혼종성이라는 측면에서 흥미롭다. 내용적으로 조선 아이들과 온돌 집, 포플러 나무로 상징되는 조선 자연을 바라보는 시적 화자의 따스한 시선이 주조를 이루며 비유나 서정의 청신함과 더불어 겐지를 휴머니즘 시인, 모더니즘 시인으로 부르기에 충분한 면목을 보여준다.

주안인 「조선시」를 보면 여름부터 시작하여 가을, 겨울, 봄으로 조선의 사계에 따른 풍토와 풍물을 다루고 있다. 이는 겐지가 시뿐 아니라 일본의 정형시가인 단카短歌 창작에도 조예가 깊었던 것과 관련하여 계절을 소제목으로 세우는 일본 시가의 부다테部立て 전통*을 따른 점을 알 수 있다. 한반도의 자연과 계절 변천에 부응하는 삶의 모습을 바라보는 그 시선은 결코 식민자로서 지배적이거나 군림하듯 내려다보는

* 원래 전통적 목차에서는 봄에서 시작한다.

위압적인 것이 아니다. 되려 찬탄과 존경의 시선으로 재발견되는 당대 우리나라 풍경의 모더니즘적 승화를 확인할 수 있다.

무엇보다 「조선시」의 압권은 장편시 '흙담에 그리다'라 하지 않을 수 없다. 조선의 풍경과 식민지 현실을 환상과 사변으로 아우르며 탐미적인 문체를 구사하여 서곡→어둠의 곡→꿈의 곡→새벽의 곡으로 전개하는 이 장대한 내용은 조선 시골의 흙담에서 '조선반도' 전체로 굽이치는 기나긴 두루마리 그림책으로 화化한다. 그 흙담에 그려진 그림이란 조선에 가해진 온갖 저주와 고통을 태우는 불꽃이며, 학대에 저항하는 파괴와 폭탄과 유혈이며, 망상과 망령을 초월한 생명의 꽃이었으니, 향후 이 시가 식민지 현실에서 문제작이 되는 것은 당연한 추이였다.

「부속시」의 「야마토 시」는 겐지가 시집 간행 전년도 여름방학을 이용해 일본의 나라奈良를 방문했을 때 창작된 것들로 고대 일본의 자연과 예술에 관한 찬가다. 그는 주변 도시들에 속한 작은 마을이었지만 일

제의 경부선 개발로 성장한 일종의 계획도시였던 대전에서 자신이 이방인임을 자각하며 근대화가 진행되는 풍경의 척박함을 느끼고 있음을 앞선 시들에서 종종 보여준다. 그런 그가 만난 고도古都 나라의 푸른 숲과 고찰古刹의 창연함은 그 아름다움에 취하게 만들기에 충분했을 것이다. 일본의 고대 야마토를 예찬하는 내용은 언뜻 천황주의를 긍정하는 듯 보여 위화감을 줄 수도 있다. 하지만 천황이라는 단어가 근현대 천황의 명칭인 덴노てんのう가 아니라 고대의 명칭인 스메로기すめろぎ로 호명되는 점만 봐도, 여기서 보여지는 관념이 군국주의의 사상이 된 천황주의에 기반하고 있다고 보기는 어렵다. 따라서 야마토는 신화神話에 가까운 대상으로서 포착된다. 또한 나라 지역이 『만요슈万葉集』라는 일본 최고의 시가를 탄생시킨 땅이라는 시적 연상이 문학청년 겐지에게 크게 작용하고 있음을 '푸른 잎과 나라'에서 알 수 있다.

　『흙담에 그리다』 시절 대전의 우치노 겐지는 젊고 외로웠으며, 프롤레타리아 문학 운동에 아직 경도되지 않은 상태였다. 식민지 현실에 대한 날카로운 시선과 민중의 각성을 독려하는 시들이 있는 한편, '타이완과 조선'에서 식민지 조선과 타이완을 향한 애정 어린 시선이 일본의 번영과 함께 할 수 있다는 순진하다 싶을 정도의 공동체적 낙관으로 이어지는 흐름은 그가 아직 사상적으로 완성되지 않았음을 짐작하게 한다. 그러나 그 덕에 시적 발상과 연상은 오히려 자유롭고 탐미적일 수 있었던 셈이다. 그리고 운명적이게도 이 책을 통해 그는 군국주의 일본과 사사건건 대립하는 평생의 궤적을 시작하게 된다.

시심과 시정이 넘치는 스물다섯의 젊은 교사가 '조선시집'을 표방하여 발간한 첫 시집 『흙담에 그리다』는 조선총독부로부터 발매 금지 및 압수 처분을 받게 된다. 장편시 「흙담에 그리다」의 일부 내용이 치안방해에 저촉된다는 이유였다. 이 처분에 겐지는 사랑하는 아이를 잃은 듯 처참한 심정을 토로한다. 시집에 담긴 강렬한 문학적 도전 의식을 감안하면 당연한 반응이었다. 다행히 백방의 노력 끝에 그는 총독부 검열관과 이 건에 대해 면담을 하게 되고, 요컨대 '조선인들의 사상에 자극을 줄 것이 틀림없는' 일부 내용 말소를 조건으로 하여 차압된 시집은 이듬해 초 반환되었다. 이에 관한 자세한 사정은 1923년 말과 1924년 초에 걸쳐 한반도 최대의 일간지 『경성일보京城日報』와 잡지 『경인』에서 몇 차례에 걸쳐 다루어지고 있는데, 흥미롭게도 총독부 기관지 성격의 『경성일보』조차 "조선에서는 드문 일"로 "견실하고 온화한 사상가"인 청년 시인에게 불행한 처사라며 우치노 겐지의 주장에 귀를 기울일 것을 촉구하는 점이 주목된다.

『흙담에 그리다』 발금 처분을 둘러싼 일련의 사건은 1919년의 3.1만세운동을 목도하고 1920년대 전반기에 문화 정책을 내건 총독부 측의 불안감이 문학과 검열에 어떻게 작용하였는지 추측할 수 있게 해준다. 그리고 사건이 일어난 직후인 1924년 2월부터 약 3년간 우치노 겐지는 한반도 최대의 일본어 종합 잡지 『조선공론朝鮮公論』에서 시단詩壇의 선자選者를 맡게 되었으니, 그가 이미 한반도 시단의 중핵 인물로 부동의 지위를 구축했음을 엿볼 수 있다.

『흙담에 그리다』발금 사건은 겐지에게 큰 영향을 줬다. 그는 1925년에는 시인 고토 이쿠코後藤郁子를 평생의 반려자로 삼아 결혼하며, 경성공립중학교로 전근하여 생활의 터전을 경성으로 옮긴다. 이후 약 3년간 아내 이쿠코, 동생 소지壯児와 함께 경성시화회, 아시아시맥협회와 같은 문학 결사, 시 잡지 간행, 시 창작과 같은 활발한 활동을 전개한다. 그리고 재조일본인과 조선인을 아우르는 시인 교류가 이뤄지면서 점차 프롤레타리아 문학적 성향으로 기울어 간 것으로 보인다. 결국 1928년, 그는 조선에서의 교사직을 파면당하고 총독부는 일체의 환송회마저 허락하지 않는 상태로 그의 조선 추방을 선고한다. 서른 살이 된 겐지는 아내, 동생과 함께 도쿄로 이주해야 했다.

2년 후 출간한 그의 두 번째 시집은 『까치ヵチ』인데, 시집 제명 자체가 조선의 언어인 '까치' 발음으로

표기되어 있다. 뿐만 아니라 우치노 겐지가 청춘 시절의 조선 경험과 조선인 및 조선의 풍물과 문화에 품었던 애착과 함께 도쿄에서의 현재 삶까지 포함하는 6년간의 세월과 심상을 시에 담아냈다.

『까치』 이후 그는 우치노 겐지라는 이름을 버리고 일본 근대시사에서 프롤레타리아 시인으로 자리매김한 아라이 데쓰新井徹로 활동하게 된다. 그리고 프롤레타리아 문학 관련 단체에 가입하여 시 창작과 평론 집필을 지속하였고 검거, 구류, 고문을 겪으면서도 문학 활동의 끈을 놓지 않았다. 그 결과 마흔 살 직전인 1937년에 발표한 그의 세 번째 시집『빈대南京虫』도 일부 삭제된 상태로 간행될 수밖에 없었으니, 제국주의 검열과의 싸움은 그의 문학 인생 전반에 걸쳐 드리워져 있다고 할 수 있다. 이후 중일전쟁, 태평양전쟁 등 본격적 전쟁기로 접어드는 시대가 되고, 이 시기 겐지는 결핵을 앓게 되는데 고문 후유증이 더하여 병세가 악화되다 일본 패전을 한 해 앞둔 1944년 4월 12일, 결국 일본의 종전 선언이나 조선의 광복을 보지 못하고 마흔여섯의 나이로 영면하고 만다.

일본에는 단카나 하이쿠俳句 같은 단시를 즐긴 사람들이 죽음을 예감할 때 사세가辭世歌, 혹은 사세구辭世句를 남기는 전통이 있다. 『빈대』에는 겐지의 사세시라고 할 만한 '내 묘비僕の碑'가 수록되어 있다. 겐지가 삼십 대에 지은 이 시를 옮기는 것으로 그의 일생과 사후를 잠시 반추하고자 한다.

내 묘비

나는 내세를 믿지 않아
죽음이 찾아오면 내 일생도 그냥 끝이지
그러나 나는 역시 내 무덤을 떠올리게 돼
그 붓순나무 그늘에서
내용도 모를 불경 소리 듣는 건 이제 그만
나는 내 조상 어르신들과 헤어져도 괜찮겠어
어딘가 바다가 보이는 언덕에 묻어주기를

고향이라면 먼 바다 보이는 곳이 좋겠군

아득한 바다 섬에서 달려오는

푸르고 세찬 파도의 말들이 하얀 이를 드러내며

언덕 밑자락을 깨물고

북슬북슬 갈기는 태양에 빛나며 나부끼겠지

언덕 위에는 늘 소나무가 우는

거기에 자연석을 세워서

내 시의 구절을 새겨주기를

내 시의 구절은 늘 짭짤한 맛이 나겠지

아무도 그리 찾아오지 않고

풀더미에 묻혀 벌레 소리가 감쌀 뿐이라 해도 개의
치 않으리

만약 아내 묘비도 같이 거기에 묻혀서

저 현해탄 바다 작은 섬에

몇 사람 노동자가 찾아와

우리 묘비를 매만져 준다면

그것으로 흡족하리.

시인 우치노 겐지의 삶의 궤적을 대략이라도 따라
갈 수 있도록 재일조선인 문학연구자 임전혜任展慧 선
생님이 『아라이 데쓰의 모든 작업新井徹の全仕事』(소주
샤創樹社, 1983)에서 작성한 연보를 기틀로 소개할 만
한 내용을 가급적 상세히 부기하였으므로 참조를 바
란다.

　　내가 우치노 겐지라는 이름을 또렷이 인지하게 된
것은 사오 년 전, 1925년 경성에서 간행된 조선예
술잡지 『아침朝』을 통해서였다. 일제강점기에 간행
된 이 흥미로운 잡지를 읽다가 음악, 미술과 더불어
1920년대 조선예술의 한 축이었던 시가 당시 우치노
겐지에게 일임되었음을 알 수 있었다. 조사를 해 나
가다 보니 1922년 한반도에서 처음 창간된 시 잡지
『경인』도 그에 의한 것이었으며, 그의 다른 이름이
일본 프롤레타리아 시문학에서 손꼽히는 인물인 아
라이 데쓰라는 것도 알게 되었다.

　　근 십 년 정도 20세기 전반기에 한반도에서 일본어

시가 문학—특히 단카, 하이쿠, 센류와 같은 전통시가—의 문헌과 자료를 수집하고 연구하고 정리하던 작업에서 몇 번이고 마주쳤던 우치노 겐지는 그야말로 차일피일 미뤄둔 숙제 같은 존재였다. 미루면서도 우치노 겐지라는 인물이 이러다 한국에 알려지지 않은 채 잊혀질까 못내 걱정되었는데, 다행히 최근 소수의 한국문학과 일본문학 연구자에 의해 학계에서 호명되고 있는 것을 알게 되었다. 숙제란 해결해야 하는 숙명적 대상인 터, 우연을 가장한 보이지 않는 종용들이 이렇게 그의 첫 시집 『흙담에 그리다』 번역 소개라는 첫 단추를 끼우게 해 주었다. 옮긴이의 말을 마무리하는 오늘이 75년 전 우치노 겐지가 숨을 거둔 기일이라는 점도 무언가 표현할 길 없는 이 맥락의 기연으로 여겨질 따름이다.

　『흙담에 그리다』를 완역하는 데에는 2018년 1학기 대학원 수업에서 대학원생들과 함께 독해한 내용들이 큰 자양분이 되었다. 특히 수업 때 치밀하게 시편을 낭독하고 감상을 논하며 때로 엉뚱한 상상력을 발휘하던 원생들의 자유로운 발언은, 번역 시어의 선택과 화자의 어조 표현에 많은 시사점을 주었다. 지면 끝을 빌려 고려대학교 대학원 과정생인 이헌정, 박진현, 소리마치 마스미, 한선영, 이보윤, 오쿠다 아미, 권민혁, 노윤지, 강유진에게 고마운 마음을 전한다. 그리고 무엇보다 우치노 겐지 번역 시집 간행 의의에 선뜻 찬의를 표하고, 1923년에 간행된 이 우여곡절의 '조선시집'이 한국에서 빛을 보게끔 편집에 성의를 다해 주신 유정훈 대표에게 심심한 감사를 드린다.

2019년 4월 12일

안암동 연구실에서

우치노 겐지 연보

1899년(1세)
2월 15일 나가노현長崎県 쓰시마対馬 이즈하라厳原에서 출
  생. 아버지 이노스케猪助는 문구점 경영 실패 후 조선으로
  건너와 신의주를 거쳐 전라북도 전주시에서 제면업 시작. 두
  살 위 누이 와카나若菜, 아홉 살 어린 남동생 소지壮児와 삼
  남매.

1916년(18세)
3월 나가노현 쓰시마 중학교 졸업.
4월 히로시마広島 고등사범학교 입학. 이 무렵부터 단카短歌
  를 짓기 시작. 가집歌集『불꽃焔』 동인에 참가.

1920년(22세)
3월 히로시마 고등사범학교 졸업. 국어 및 한문 교원 면허 취
  득. 후쿠오카福岡 현립 구라테鞍手 중학교에 부임.
8월 단카 모임 동인에 참가.

1921년(23세)
3월 부모가 조선총독부 근무를 권유하여 도한. 충청남도 대전
  시 대전중학교 교사가 됨.
7월 오노에 사이슈尾上柴舟의 추천으로 『미즈가메水甕』의 사우
  社友가 되고, 시인 히라도 렌키치平戸廉吉, 다카하시 신키
  치高橋新吉 등과도 교우.

1922년(24세)

1월 대전에서 문학결사인 경인사耕人社를 설립하고 시가 전문 잡지『경인耕人』창간 주재. 겐지乾児, 쓰시마 출신자津島生人 등의 펜네임 사용.

5월 대전중학교 사감 겸임.

7월 20일~8월 12일 나라, 고베를 거쳐 고향 방문.

11월 대전역에서 당시 한반도 최초의 단카 잡지『버드나무ポトナム』를 창간한 고이즈미 도조小泉苳三와 만남.

1923년(25세)

5월 한 달간 와병

7월 시가집, 시가 관련 책 들을 모은『경인문고耕人文庫』계획.

8월 고향 쓰시마 방문, 사촌형 부부로부터 고토 이쿠코後藤郁子를 소개받고 이후 편지 교환을 하게 됨.

9월『경인문고』개고.

10월 첫 시집『흙담에 그리다土墻に描く』간행.

11월『흙담에 그리다』가 판매 금지 및 압수 처리.『경인총서』간행을 계획.

12월 연말부터 고베神戸 방면 여행.

1924년(26세)

1월 총독부 경무국 사무차관을 면담하여 시집 압수의 이유를 묻고 일부 삭제 조건으로 발매 금지 조치 해제.

2월 종합잡지『조선공론朝鮮公論』시단의 선자選者가 되어 1927년 1월까지 역임.

4월 일본시인협회日本詩人協会의 시집『좌익전선左翼戦線』에 가입 권유받음.

5월 수학여행 인솔로 다롄大連 방문.

8월 삿포로札幌에서 고토 이쿠코와 약혼.

10월 다카하시 신키치가 대전 방문.

11월 한반도 최대 단카 잡지『진인真人』책임자 이치야마 모리오市山盛雄가 대전 방문.

12월 일본시인협회 주최의 시집『시의 마쓰리詩のお祭り』발기인으로 참가(나중에 중지됨).

1925년(27세)

2월 시화회詩話会 위원에게 『일본시집日本詩集』으로 작품 수록을 추천받음.

7월 일본으로 가서 지인들과 연시聯詩 창작.

8월 삿포로 히요시 신사日吉神社에서 고토 이쿠코와 결혼.

9월 경기도로 발령 받아 조선공립중학교 교유教諭로 임명되어 경성 공립중학교로 전근. 이 중학교에는 후에 소설가가 되는 나카지마 아쓰시中島敦, 유아사 가쓰에湯浅克衛가 재학중이었음.

12월 『경인』 종간. 부모와 경성에서 함께 살게 됨.

1926년(28세)

2월 에구치 스테지로江口揷次郎, 우에다 다다오上田忠男와 발기인으로서 경성시화회京城詩話会 창립, 9일 제1회 경성시화회 개최. 회원은 20여 명. 부모는 쓰시마로 귀향. 이후 경성시화회 위원으로 선출되고 28일 제2회 경성시화회 개최.

3월 경성일보사와 수양단연합본부 등에서 열린 제3회, 제4회 경성시화회에 출석.

5월 조선예술잡지 『아침朝』(다다 기조多田毅三가 편집 겸 발행인)을 창간하여 문학부 담당.

6월 경성일보사에서 열린 제7회 경성시화회에 출석하고, 안서 김억과 만남. 『아침』이 2호로 폐간.

7월 조선총독부 문관시험 위원으로 임명.

10월 경성 신교동으로 이사. 경성시화회를 아시아시맥협회亜細亜詩脈協会로 개칭. 기관지 『아시아시맥』을 창간하여 편집인 겸 발행인이 됨. 경성구락부에서 개최된 경성제국대학에 부임한 사토 기요시佐藤淸 환영회와 『아시아시맥』 창간 기념회에서 개회사. 세검정으로 간 시행詩行에 참가.

11월 아시아시맥협회 지회인 부산시학협회釜山詩学協会가 부산일보사에서 연 「전선시전全鮮詩展」에 출품.

1927년(29세)

4월 인천공회당의 입센기념강연회에서 강연. 무용 연구의 대가 나가타 다쓰오永田龍雄와 만남.

6월 아시아시맥협회와 진인사 공동으로 경성공회당에서 「가와지 류코川路柳虹, 와카야마 보쿠스이若山牧水 문예대강연회」 개최(천 명 이상 운집). 동생 소지의 단편 「하우극장ハウ劇場」이 치안방해에 해당한다고 하여 종로경찰서 고등과에서 『아시아시맥』 6월호 발매 금지 및 압수 처분을 받고 휴직을 강권당함.

8월 고토 이쿠코 첫 시집 『오전 0시』 출판기념회 출석.

9월 아시아시맥협회 주최 「전국 시인 작품 전람회」에 출품.

11월 『아시아시맥』 종간.

1928년(30세)

1월 고토 이쿠코와 함께 『징銚』 창간.

7월 총독부로부터 경성공립중학교 교사직 파면. 조선 추방을 선고 받음. 총독부는 퇴직원을 수리하는 형태로 처리하고 송별회 개최 금지. 아내, 동생과 도쿄로 이주.

1929년(31세)

1월 도쿄의 사립 묘죠학원중학교私立明星学園中学校에서 근무.

3월 도쿄 시외로 이사하여 쓰시마에서 상경한 부모와 동거.

8월 잡지 『선언宣言』 창간. 사토 기요시 시집 『구름에 새雲に鳥』 출판기념회 출석.

1930년(32세)

7월 두 번째 시집 『까치カチ』 출판.

9월 프롤레타리아시인회 결성되고 서기 역임. 이때부터 아라이 데쓰新井徹라는 필명 사용.

10월 『선언』 종간.

1931년(33세)

2월 프롤레타리아시인회 제1회 대회에 참석, 신임 집행위원으로 선출 및 서기 역임. 1931년판 『일본 프롤레타리아 시집』
에 작품 수록.

4월 각종 프롤레타리아 단체가 후원한 「실업 반대 프롤레타리
아 시와 그림 전람회」에 출품.

8월 일본프롤레타리아작가동맹 가입.

10월 여러 곳에서 열리는 시 낭독회에 출석하여 지도.

1932년(34세)

2월 잡지 『프롤레타리아 시』 종간.

1933년(35세)

6월 『일본 프롤레타리아 시집』 건으로 스기나미杉並 경찰서에
검거되어 두 달간 구류 및 고문당함. 이때의 신체적 후유증
이 그의 죽음을 앞당기는 원인이 됨.

12월 일본 문단을 대표하는 작가이자 시인인 시마자키 도손島
崎藤村 방문.

1934년(36세)

2월 이쿠코가 편집발행겸 인쇄인으로 잡지 『시 정신詩精神』 창
간. 「시」란의 선자 역임.

3월 교통사고로 부상.

8월 시 정신의 모임詩精神の会에 출석. 『1934년 시집
一九三四年詩集』 편찬위원.

1935년(37세)

2월 『시 정신』 일주년 기념회 개최. 이후 일본을 추방당해 중국
으로 강제송환되는 레이스위雷石楡 시집 『사막의 노래砂漠
の歌』 서문 작성.

5월 젠소샤前奏社 주최 〈시인제詩人祭〉 해산 명령 받음. 젠소샤
기획 시인총서 제1편 담당.

6월 『1935년 시집』 편찬위원.

7월 오구마 히데오小熊秀雄 장편 서사시집 『나는 썰매飛ぶ橇』
출판기념회 사회.

11월 풍자 시인, 만화가로 구성된 〈산초 클럽〉 결성, 주요 멤버로 합류.

12월 『시 정신』 종간되고 『시인詩人』으로 발전적 해산.

1936년(38세)

1월 잡지 『시인』 편집.

4월 자택에서 열린 시인 클럽詩人クラブ 제1회 총회에서 경과 보고.

9월 『연간 1936년 시집』 편집위원.

1937년(39세)

6월 『시 정신』 건으로 나카노中野 경찰서에 검거, 두 달 구류.

8월 옛 『시 정신』 동인의 초청으로 고베神戶, 세토瀨戶 등을 방문.

10월 세 번째 시집 『빈대南京虫』를 일부 삭제 후 간행.

1938년(40세)

3월 장녀 탄생.

11월 결핵 진단으로 3년간 휴양할 것을 권고받지만 생계를 위해 일을 지속.

1941년(43세)

7월 장남 탄생.

12월 병세가 악화되어 쓰러지고 자택에서 요양. 이 해에 동생 소지 검거, 입원, 재검거.

1943년(45세)

7월 나카노의 결핵요양소에 입소.

1944년(46세)

4월 12일 영면. 묘소는 고향 쓰시마의 이즈하라.

6월 모친 사망. 누이 와카나는 고베 공습으로 사망. 이듬해 6월 부친 사망.

이 도서의 국립중앙도서관 출판예정도서목록(CIP)은
서지정보유통지원시스템 홈페이지(http://seoji.nl.go.kr)와
국가자료공동목록시스템(http://www.nl.go.kr/kolisnet)에서 이용하실 수
있습니다.(CIP제어번호: CIP2019014622)

흙담에 그리다

초판 1쇄 발행 | 2019년 5월 1일

지은이 | 우치노 겐지
옮긴이 | 엄인경
펴낸이·책임편집 | 유정훈
디자인 | 김이박
인쇄·제본 | 두성P&L

펴낸곳 | 필요한책
전자우편 | feelbook0@gmail.com
트위터 | twitter.com/feelbook0
페이스북 | facebook.com/feelbook0
블로그 | blog.naver.com/feelbook0
팩스 | 0303-3445-7545

ISBN | 979-11-958719-8-8 02830

* 저작권법에 따라 책 내용의 전부 또는 일부를 재사용하려면 옮긴이와
  필요한책 양측의 동의를 받아야 합니다.

『한 줌의 모래』·『슬픈 장난감』
−이시카와 다쿠보쿠 단카집
이시카와 다쿠보쿠 지음/엄인경 옮김
각 320쪽/13,500원·168쪽/11,000원
최승희의 영감의 원천, 백석의 문학적 스승 이시카와 다쿠보쿠가 발표한 대표 가집『한 줌의 모래』와 『슬픈 장난감』. 불멸로 남을 새로운 시세계를 열었다고 평가되는 단카 전체의 원문과 번역을 초판본의 편집을 살려 수록.

『중세의 전쟁 378~1515』
찰스 오만 지음/안유정 옮김/홍용진 감수
328쪽/15,000원
중세 전쟁사의 대가 찰스 오만이 해석한 중세 유럽 천여 년에 걸친 전쟁의 궤적. 전쟁의 거대한 양상이 어떤 흐름으로 전개됐는지 알 수 있는 명확하고도 집약적인 시선을 만나다.
"치밀한 조사와 깔끔한 서술이 빚은 눈부신 역사서-뉴욕타임스 북리뷰."

『우리가 만난 통일, 북조선 아이』
마석훈 지음
296쪽/15,000원
남과 북의 미래를 위해 시작되어야 할 수많은 통일들의 기본, 사람의 통일. 탈북 아동들과 20여 년을 보내며 미리 온 통일을 경험한 마석훈 선생님이 통일의 고통과 희망, 해법을 말하다.

『진공관, 소리의 빛
−진공관 오디오를 위한 기술적 에세이』
서병익 지음
256쪽/15,000원
회로에서부터 모든 공정을 수작업으로 꼼꼼하게 완성시키는 오디오 장인 서병익이 말하는 진공관 오디오의 특별한 비밀. 철저한 기술인의 입장에서 말하는 오디오의 허와 실, 그리고 더 나은 오디오를 위해 알아야 할 지식에 관한 이야기들.

조선을 사랑했기에 추방되어야 했던 시인
조선총독부가 발간 금지한 그의 첫 시집
우치노 겐지의 『흙담에 그리다』 최초 완전 번역

우리를 저지하고, 뜯어 내고, 괴롭힌다고
  사유하는 것
그것은, 저 물에 이는 거품처럼 덧없는 꿈
저 하늘에 솟아올라 새 그림자처럼 사라져 가는
  허무한 구름
오장육부의 쇠퇴가 잉태하는 망령의 모습
  아니겠는가

그저 눈에 보이는 것, 귀에 들리는 것,
  손에 잡히는 것에
눈을 부라리고, 귀 아파하고, 손길 애먹는 자가
  난무하는 모습이여
상대에 조종되는 꼭두각시 인형 우리라고 치면
악마의 갈채 소리를 듣는 것에 불과하리니

그가 솔직한 감정과 엄숙한 자기 성찰을 끊임없이 더할수
록, 우리에게는 새로운 시의 시야를 열어주게 될 것이다.
·가와지 류코

값 12,000원
02830

ISBN 979-11-958719-8-8